Birgit Vogt

Bibliografische Information der Deutschen Nationalbibliothek:
Die Deutsche Nationalbibliothek verzeichnet diese Publikation in der Deutschen
Nationalbibliografie; detaillierte bibliografische Daten sind im Internet über
http://dnb.dnb.de abrufbar.

Illustration: **Birgit Vogt**

Herstellung und Verlag:
BoD - Books on Demand, Norderstedt
ISBN 978-3-7386-4081-6

Sokrates -
Neues vom kleinen/großen Mickerling

Hallo Ihr da...

Wisst Ihr noch wer ich bin?
Der kleine Mickerling, der Euch ja im letzten Buch berichtet hat wie er so langsam immer größer und größer wurde. Und wie aus dem Mickerling ein ganzer Kerl wurde.
Ja, ich bin natürlich immer noch ganz groß, denn Frauchen sagt kleiner wird man erst wieder wenn man ganz alt ist.

Okay, ich habe keine Zähne mehr und ich sehe auch nicht mehr wirklich so richtig jung und sportlich aus; aber alt??? Nein von alt kann keine Rede sein.
Und unsportlich bin ich auch nicht wirklich.

Der Typ im grünen Kittel; Ihr wisst doch; der, der immer mit einer Spritze kommt, der sagt, dass ich ein ganz sportlicher Typ bin. Naja; der vergleicht mich dann mit anderen Yorkies, die ja oft ein Leben lang getragen werden und die dann im Alter ganz schön Fett ansetzen.
Nein, mich trägt keiner und so bin ich zumindest was die Figur angeht noch ganz akzeptabel....oder???

Kleiner Rückblick

Sicher wisst Ihr noch, dass ich im letzten Buch angekündigte, dass es schon ganz bald Neues zu berichten geben würde.

Ich musste ja nur warten, bis Frauchen wieder etwas mehr innere Ausgeglichenheit gefunden hatte.

In den letzten paar Jahren ist so viel passiert... und oft ging es Frauchen gar nicht gut.

Aber ich habe das jetzt alles mit meinem Hundekumpel Mopsi besprochen und er meinte, dass es nun an der Zeit sei für mein drittes Buch.

Außerdem wusste er auch, dass es für Menschen gut ist, wenn sie über Dinge, die sie belasten, schreiben. Dann geht es ihnen danach meist besser.

Und Mopsi muss das wissen, denn auch sein Frauchen saß ganz plötzlich alleine da und alles war da noch viel schlimmer als bei meinem Frauchen und mir...

Das Mopsi - Herrchen konnte nichts dazu, dass die beiden auf einmal ganz ohne ihn dastanden. Er ist gestorben und da kann man ja nun nichts dran ändern.

Von daher muss Mopsi also wissen was er sagt. Und der meinte, mein Frauchen sollte nun endlich wieder schreiben.

Klar er hat auch gesagt, dass es schon mal sein könnte, dass sie ganz plötzlich mal mit „Pippi in den Augen" dasitzen würde.

Ich habe keine Ahnung was das heißt.

Ich wollte ihn aber auch nicht fragen. Bin ja nicht dumm und schon gar nicht ist der Mopsi schlauer als ich.

Nun ja, ich kenne Pippi nur wie ich es eben mache und das hat nun gar nichts mit meinen Augen zu tun.

Ich stelle mich dann hochkant an einen Baum oder, wenn Frauchen mal nicht hinguckt, auch an einen Autoreifen und hebe mein Bein so hoch, dass mir oft ganz schwindelig wird. Naja und dann mach ich eben Pippi.

Aber durch die Augen kommt das bei mir nie.

Vielleicht ist es ja bei Mopsi´s Frauchen irgendwie anders. Mir auch egal. Man muss ja nicht alles wissen.

Da Frauchen noch nie Pippi aus den Augen kam wird es wohl auch in Zukunft nicht passieren; wenn ich ihr nun mein drittes Buch diktiere.

Ja so ist nun alles geklärt und ich werde Euch mal erzählen, was so alles hier passiert ist in den letzte mehr als zwei Jahren.

Ich wünsche Euch viel Spaß beim Lesen, wobei manches gar nicht so lustig und Frauchen echt oft wie sie heute sagt „ganz unten" war.

Noch ganz wichtig...

Das wollte ich Euch schon beim letzten Buch sagen...

Mein Frauchen und ich - okay, eigentlich ja ich und mein Frauchen - machen die Bücher ja ganz alleine. Und wir geben uns echt Mühe.

Mir gelingt das ja auch immer.

Aber Frauchen... ich will sie ja nicht verärgern; aber sie schreibt alles auf, dann liest sie es durch, dann noch einmal, und wieder und wieder...

Dann gibt sie es ihrer Freundin und die muss das Ganze dann auch noch in Augenschein nehmen.

Wenn dann alles für gut befunden wird, dann geht es an den Verlag zum drucken.
Ja und dann???

Dann dauert es meist eine Weile und irgendwann bekommen wir dann das erste Exemplar vom neuen Buch zugeschickt.

Frauchen reißt ganz nervös die Verpackung ab und ganz egal, was sie gerade tut; alles bleibt liegen und stehen... und sie setzt sich einfach irgendwo hin - einmal sogar auf den niedrigen Couchtisch im Wohnzimmer. Ihr wisst schon, der, wo die Hundekumpels immer drauf liegen dürfen wenn sie Reiki oder so etwas bekommen.

Und dann sitzt sie da und starrt jede einzelne Seite des Buches an.

Erst werden die Fotos beäugt und meist als ganz akzeptabel befunden.
Dann wird jede Seite gelesen.

Komisch, Frauchen sagt sonst immer, sie darf ihre Augen, die ja eh so blind sind, wie die eines Maulwurfs, nicht überanstrengen.

Aber davon ist dann keine Rede mehr. Sie nimmt ihre dicke Lesebrille oder notfalls sogar die Lupe, die sie immer nur benutzt, wenn sie mit mir alleine ist.
Soll doch keiner wissen wie blind sie ist...

Spätestens nach zehn Minuten der erste Entsetzensschrei.
Frauchen hat trotz so vieler vorheriger Leserei einen Fehler gefunden.

Dann geht es eine Weile gut... Oh sie wird schon rot im Gesicht. Ich geh lieber in mein Hütti unterm Schreibtisch.

Noch ein Fehler.

Und dann ist es immer gleich. Sie fährt den PC hoch und sucht in den Unterlagen nach, wo das Buch ja gespeichert ist.

Na klar, wie sollte es anders sein? Da findet sie dann die Fehler auch, die sie vorher hundert Mal übersehen hat.

Wenn das bei zwei oder drei Seiten so ist, ist der Tag noch zu retten. Wenn aber mehr als vier Fehler auftauchen...

Dann sieht es gar nicht gut aus. Dann gehen wir entweder gar nicht mehr auf Gassirunde oder wir laufen drei Stunden - egal was für Wetter ist - nur damit sie ihrer Wut davon rennen kann.

Ja klar, ich verstehe das.

Mir würden solche Fehler natürlich nie passieren.
Aber ich tröste Frauchen trotzdem.

Ist doch nicht so schlimm.
Es geht doch nicht um den Literaturpreis - oder wie das heißt.

Wir schreiben doch einfach nur die Erlebnisse eines kleinen Mickerlings auf.

Da ist es doch kein Drama, wenn mal irgendwo ein Tippfehler auftaucht.

Frauchen sieht es anders. Sie könnte dann vor Wut platzen.
Meist muss dann auch ihre Freundin ein Donnerwetter über sich ergehen lassen, denn die hat die Fehler ja auch nicht erkannt.

Nun wisst Ihr Bescheid.
Bitte verzeiht Frauchen den ein oder anderen Fehler - ich stehe ja auch weiterhin zu ihr.

Und sonst sagt sie ja auch immer, dass man nicht so pingelig sein soll.

Wobei natürlich auch da wieder mit zweierlei Maß gemessen wird.

Wenn ich einen Tropfen Pippi auf den Balkon mache, tut sie so, als wäre alles überschwemmt.

Wenn ein Hundekumpel der bei uns Medizin bekommt oder so etwas einen ganzen Bach hinterlässt dann ist das alles halb so wild. Man kann es doch wieder wegwischen.

Jaja, immer alles nicht so einfach zu erklären was die Menschen denken.

Aber bitte verzeiht die Fehler, denn wenn Ihr meckert (so wie Frauchen es immer mit mir macht) dann darf ich ihr bald nichts mehr diktieren - nur weil sie zu doof ist es fehlerfrei aufzuschreiben.

Oh, hoffentlich liest sie das nicht wenn sie es geschrieben hat... dann wird sie aber fuchsteufelswild und bestimmt verdammt sauer auf mich...

Komischer Zustand

Ja, vor mehr als zwei Jahren fing hier alles an sich zu verändern.

Frauchen ging zwar noch immer jeden Tag mit mir spazieren und wenn ich mal krank war, dann wich sie keinen Schritt von meiner Seite; aber irgendwie habe ich ganz deutlich gemerkt, dass sie doch manchmal ganz anders war als vorher.

Sie saß dann da und tat nichts.
Das war für Frauchen völlig ungewöhnlich. Die konnte nie nichts tun. Immer machte sie was und selbst wenn sie mal am Fernseher saß, dann musste sie noch nebenbei stricken oder malen.

Naja und das änderte sich damals. Sie saß dann da und guckte nur. Und sie sah nicht glücklich aus.

Mein Herrchen kam nach Hause und ging meist sofort an seinen PC oder er machte was im Garten. Oder was noch blöder war, er redete mit Frauchen und das war dann meist nicht sehr leise.

Auch das war mehr als ungewöhnlich.
Früher war es nur Frauchen gewesen, die mal etwas lauter redete und zu der Zeit fing Herrchen immer sofort an zu schreien.

Ob der vielleicht schlecht hören konnte?

Mein Menschenopa zu dem wir immer hinfahren, der kann

auch schlecht hören. Aber da müssen nur alle anderen so laut reden, der selbst brüllt nie herum.

Nun ich hatte keine Ahnung was das alles bedeutete.
Normal war es auf jeden Fall nicht.

Immer öfter stritten Herrchen und Frauchen und es ging immer darum, dass Herrchen mit anderen Frauen telefonierte und noch so andere Sachen machte, die man am Handy tun kann.

Frauchen meinte oft, dass nur die ganze Technik daran Schuld sei, dass alles so hätte kommen müssen.

Keine Ahnung was das hieß. Aber gut war das alles wohl eher nicht.

Dann irgendwann wurde es ganz laut.
Mein Frauchen hatte wieder mal mitbekommen, dass mein damaliges Herrchen möglichst leise telefonierte.

Da mein Frauchen aber schlecht sehen kann, hört sie um so besser und das hätte Herrchen auch wissen müssen.

Auf jeden Fall haben die beiden dann ganz doll herum gebrüllt und dann dauerte es nur noch ein paar Tage bis Frauchen und ich alleine waren.

Sie hatte mir gesagt, dass wir das auf keinen Fall nötig hätten; diese ganze Streiterei und alles was mein Ex - Herrchen da abzog; und deshalb würde sie nun dafür sorgen, dass der ausziehen müsse.

Was für ein Glück, ich durfte bleiben.

Ich habe mir ja auch keine anderen Neben - Frauchen angeschafft; für mich gibt es nur mein eines Frauchen.

Und heimlich mache ich schon mal gar nichts.
Wenn mir irgendwas oder irgendwer gefällt dann zeige ich das ganz offiziell. Ich bin ein Hund und niemals hinterhältig oder scheinheilig.

Frauchen sagt zwar immer, dass ich auch ein Mann bin - aber ich habe nicht so einen schlechten Charakter...
Bei Herrchen war das anders.
Früher war der eigentlich ganz nett...

Aber dann begann diese komische Krise, die ja - wie Ihr aus dem letzten Buch schon wisst - fast alle Männer bekommen; und da hat er sich total verwandelt. Und das war nicht zu seinem Vorteil.

Die seltsame Krise

Also so ganz genau weiß ich auch nicht wie das ist mit dem älter werden bei den Männern.
Ich weiß nur, dass es bei Frauen wohl irgendwie anders ist.

Mein Frauchen ist ja auch nicht mehr die jüngste. Und sie sagt immer, dass sie mal zwanzig ist und mal auch fast hundert.

Ich passe dann immer ganz genau auf, denn mit zwanzig muss sie doch anders aussehen als mit fast hundert.
Das habe ich zumindest immer geglaubt.

Ist aber bei Frauchen nicht so. Die sieht immer gleich aus. Also ist das schon mal eine ganz komische Sache.

Dann sagt sie oft, dass sie ja so viele Falten hat, seit sie alt ist.
Ich finde auch das ist nicht so schlimm.

Klar für mich ist mein Frauchen ohnehin schön. Sie ist doch MEIN Frauchen.
Und was die Falten angeht. Ich bin ja nun schon ganze sieben Jahre mit Frauchen zusammen; und die hat nie anders ausgesehen. Ob ich ihr das mal sagen sollte?
Ach nein, vielleicht auch lieber nicht. Kann ja sein, dass sie vor sieben Jahren auch schon alt war.

Ich verstehe das sowieso nicht so richtig.
Alte Hundekumpels kenne ich ganz viele. Die haben nie ein Problem damit, dass sie nicht mehr jung sind. Höchstens wenn ihnen mal was weh tut.
Das muss bei Menschen wohl alles anders sein.

Auf jeden Fall wurde Ex - Herrchen also von dieser komischen Krise befallen.

Ich habe mal gehorcht als Frauchen mit einer Freundin telefonierte.

Die hat da gesagt, dass ältere Männer nicht damit klarkommen, dass sie vieles nicht mehr auf die Reihe kriegen und anstatt so etwas durch Freundlichkeit auszugleichen, da machen sie Terror mit der Frau, wo sie seit mehreren Jahrzehnten mit zusammen sind.
Danach nehmen sie sich dann lieber eine andere Frau - meist eine jüngere. Zum ersten können sie sich dann einreden, dass sie doch noch Chancen in der Frauenwelt haben und zweitens erkennen die neuen Frauen nicht so schnell, was die älteren Männer alles nicht mehr hinkriegen.

Wenn die jungen Frauen es dann doch gemerkt haben, sind die Männer ganz schnell wieder alleine und dann versuchen sie zu den „alten" Frauen zurückzukommen.
Und oft nehmen diese die dann wieder bei sich auf.

Komisch, komisch. Alte Männer, junge Frauen - dann wieder alte Frauen und.... Ich hoffe nur, dass Frauchen und ich keinen wieder aufnehmen.

Ich mache mich ja auch oft mal an andere Mädels ran.
Aber irgendwie bleibe ich ja auch nicht mehrere Jahre mit einer Hundekumpeline zusammen. Ich bin da gar nicht so wählerisch.

Ich mag gerne größere Hündinnen und vor allem mag ich

welche, die nicht so viele andere Verehrer haben.

Klar, ich bin eben nicht so ganz groß und da ist es schon recht gefährlich, wenn man gegen so viele andere Kollegen ankämpfen muss, um die Angebetete zu bekommen.

Aber macht doch nichts; ich bin da leicht zufrieden zu stellen. Frauchen sagt zwar immer, dass man nie das Erstbeste nimmt. Aber okay - die Nachbarhündin ist nicht die schönste - aber dafür hat sie sieben ganz süße Welpen bekommen.

Okay, die waren nicht von mir. Da war wohl doch noch ein anderer Verehrer.

Mittlerweile bin ich ja schon zufrieden, wenn ich einfach nur schnuppern darf, wenn die Mädels wieder so gut duften.

Bevor ich das richtig begriffen habe, hat Frauchen ohnehin immer die Leine kurz genommen und ich muss weiter.
Jaja, ist ja auch okay. Wir wollen ja keine Alimente zahlen und außerdem behauptet Frauchen immer, dass mich keiner als Papa haben will.

Ich liebe mein Frauchen - und nur die...
Da darf ich wenigstens auf dem Sofa auch mal ganz nah kuscheln.

Nun ja, ob Ex - Herrchen nun auch nur mal ein anderes Frauchen „beschnuppern" wollte und ob er auch das Erstbeste genommen hat - ich weiß das nicht.

Eins ist klar, diese Krise hatte ihn doll befallen und er merkte gar nicht, dass er sich damit selber ins Aus geschossen hatte.

Er musste in die kleine Dachwohnung ziehen und ich und Frauen blieben in unserer großen Behausung mit Balkon.

Und ich hoffte so sehr, dass Frauchen endlich mal wieder lachen würde.

Dafür tat ich echt alles...

Zu zweit allein

Am Anfang war das ganz schön komisch so mit Frauchen alleine.

Oft saß sie abends da und weinte.

Sie rief dann meist eine ihrer beiden Freundinnen an und danach ging es ihr auch wieder besser.

Schlafen konnte sie auch zu der Zeit gar nicht gut. Sie rollte sich immer im Bett hin und her und wenn ich mich ganz nah an sie kuschelte merkte ich, dass sie schon wieder weinte.

Das konnte ich gar nicht gut haben. Warum musste das so kommen? Es war uns doch so gut gegangen. Frauchen hatte das Geld verdient. Herrchen hatte den Haushalt gemacht und auch mal mein Hundepippi; was auch damals schon nicht aus meinen Augen kam, beseitigt. Ja und wir waren so viel mit dem Haus auf Rädern unterwegs gewesen.

Tja, all das war dann plötzlich vorbei.

Da wir ein großes Haus haben ging Herrchen also nicht weit weg, als Frauchen ihn nicht mehr in unserer Wohnung haben wollte.

Er zog nur eine Etage höher.

Da haben wir noch so zwei Zimmer. Davon habe ich Euch schon mal erzählt. Früher hat Frauchen da ihre Praxis gehabt. Dahin ging Herrchen dann.

Es gab ganz schön viele Probleme.

Mein Frauchen war seit 25 Jahren nicht einmal mehr Auto gefahren. Sie meinte auch, dass sie das gar nicht mehr könnte.

Aber wir wohnen auf dem Land und da muss man einen Wagen haben.

Unser Wohnmobil war verkauft und Frauchen holte sich so ein kleines Auto... Ich kannte das aus der Werbung im Fernsehen. Das passte immer quer in alle Parklücken.

Naja im Vergleich zu unseren Häusern auf Rädern war das schon mächtig eng innen drin.

Aber Frauchen hatte einen Sitz und daneben kam meine Box. Das passte so gerade eben.

Einkäufe stellte sie dann auf das Dach meiner Box. Ich fand das nicht so lustig und von mir aus hätte unser Wagen ruhig eine Nummer größer sein können.
Aber egal.

Frauchen hatte erst mächtig Angst zu fahren. Das Auto war zehn Jahre alt und sie meinte immer, da könne ruhig mal eine Beule dran kommen.

Die ersten Zeit schlief Frauchen nachts gar nicht wenn wir am anderen Tag weitere Strecken fahren wollten. Aber das verging ganz schnell und bald waren wir fast jeden Tag unterwegs.

Unsere Wohnung wurde auch ein wenig verändert. Aber nicht

so doll. Ein paar Bilder wurden entsorgt und einiges umgestellt - aber das war für mich gar kein Problem.

Als es dann nach ein paar Monaten endlich Sommer war da ging es auch meinem Frauchen schon wieder viel besser.

Mindestens einmal in der Woche fuhren wir zu Oma und Opa.

Das Auto konnte den Weg schon fast alleine fahren. Und dann waren wir oft am See unterwegs.

Wenn Frauchen mal ganz mutig war, dann machten wir sogar eine Tagestour.

Dann ging es nach Winterberg und zu einem Ort, wo ich dann alleine im Auto bleiben musste, weil Frauchen in einen Berg ging. Da sollte es gute Energien geben und ganz viele Busse kamen dahin.

Die Leute gingen alle in die kalte, dunkle Höhle.

Eigentlich bin ich ja nicht gerne alleine im Auto... aber da hinein hätte Frauchen mich nicht mitbekommen. Dunkel und kalt - nein, das ist gar nicht meines.

Aber so hatten wir dann doch oft was vor und das war richtig schön...

Und Frauchen machte auch schon wieder einen viel glücklicheren Eindruck.

Ganz was Neues

Frauchen hatte wieder mal mit ihrer Freundin telefoniert, als sie sich an den PC setze und ich dachte glatt ich dürftc ihr was diktieren und wir würden ein neues Buch schreiben.

Aber da hatte ich mich geirrt.

Als ich gerade anfangen wollte Frauchen was zu erzählen, wies sie mich in meine Schranken.
Ich sollte ruhig sein, denn Frauchen wollte eine Anzeige aufgeben und da könnte ich ihr nun gar nicht bei helfen.

Komisch, wollten wir noch ein Auto kaufen oder etwa umziehen?

Solche Anzeigen kannte ich aus der Zeitung. Da hatten Frauchen und Ex - Herrchen immer mal geguckt früher; wegen Wohnmobilen und Urlaubswohnungen.

Ich musste also ruhig sein.

Ich legte mich so neben Frauchen, dass ich immer gucken konnte was sie da machte.

Leider tu ich mich ja mit dem lesen etwas schwer und so konnte ich nicht wirklich herausfinden was sie da schrieb.

Aber da waren oft Menschen in den Anzeigen zu sehen. Solche wie Herrchen - aber doch andere.

Irgendwann sagte Frauchen was von „ dass es nichts Passendes für sie gäbe".

Naja auch okay; dann hätte sie auch ein neues Buch schreiben können.

Schon am nächsten Tag ging sie wieder an den PC und wie ich später am Telefon erlauschen konnte, hatte sie selbst eine Anzeige aufgegeben.

Sie hat ihrer Freundin den Text vorgelesen und da stand was von, dass Frauchen tierlieb ist, lieber im Wald spazieren geht als zu shoppen und, dass sie keine high heels sondern lieber Turnschuhe mag.

Kenne ich nicht diese high heel - Dinger. Aber Turnschuhe sind gut. Die sind immer zum laufen da und das gefällt mir.

Nun, keine Ahnung was wir nun suchten. Aber irgendwo stand auch noch, dass nur Menschen willkommen wären, die Hunde mögen.

Das beruhigte mich schon mal sehr.

Schon zwei Tage später rief Frauchen ihre Freundin wieder an. Sie las ihr Unmengen an Texten vor und die waren ganz anders als die, die ich Frauchen immer diktierte.

Da war oft die Rede von Beziehung und Partnerschaft und von „einfach mal Spaß haben".

Das letzte muss was gewesen sein, was Frauchen gar nicht gefiel. Sie sagte ihrer Freundin nämlich, dass sie sich für mal eben einen Spaß zu schade wäre.

Komisch. Das verstand ich schon wieder nicht. Wenn wir mir meinem Balli spielen haben wir doch auch Spaß und da war und ist Frauchen immer voll dabei.

Irgend einen Text fand Frauchen dann doch ganz gut und schon am nächsten Tag trafen wir uns mit einem Menschen - so einem wie Ex - Herrchen - aber doch ganz anders.

Der war sehr groß und nicht so dünn. Er kam sofort auf Frauchen zu und auch mich hat er wahrgenommen. Hat mich einen „kleinen Kläffer" genannt. Aber er lachte dabei und gestreichelt hat er mich auch sofort.

Weil er ja eigentlich ganz freundlich war, habe ich ihn dann lieber nicht sofort gebissen. Erst mal abwarten, was er zu Frauchen sagte, dann konnte ich ihm immer noch die Zähne - damals hatte ich noch vier Stück - in die Hacken rammen.

Der musste sich so tief zu mir herunter bücken - Mensch das war ein Riese.

Wir gingen dann ganz lange spazieren und der Riese und Frauchen haben ganz viel geredet und gelacht.

Abends gab es dann noch einen Kaffee und für mich ein Wasser.

Am See ist ein tolles Restaurant, da waren Frauchen und ich ganz oft alleine; und nun mit dem großen Typen.

Zuhause waren wir dann aber wieder alleine und Frauchen erzählte ihrer Freundin, dass sie keinen so schnell in unsere Wohnung lassen würde.
Na zum Glück - ich war und bin doch Frauchens Beschützer.

Ich war mehr als gespannt wie das noch alles weitergehen würde.

Zumindest gab es mal Abwechselung in unserem Alltag.
So konnte es doch nur besser werden.

Der Riese und ich

Schon am nächsten Tag trafen wir uns wieder mit dem neuen Mann von gestern.

Wir gingen wieder spazieren und irgendwie fand ich den Menschen auch ganz nett. Vielleicht weil er Frauchen so oft zum lachen brachte.

Der hatte auch Tiere; soviel hatte ich mitbekommen. Aber nicht solche wie ich oder der Mopsi.

Die wurden irgendwo ausgesetzt und mussten dann nach Hause finden. Komisch - Frauchen würde mich nie irgendwo herauslassen und ich würde auch nicht wieder nach Hause finden - glaube ich.

Im Gegenteil! Mir wurde immer gesagt, dass ich bloß nie weglaufen sollte. Ich würde dann ganz alleine herum irren und verhungern.

Das mussten also sehr intelligente Tiere sein.

So vergingen die Tage und wir waren immer öfter mit dem Riesen zusammen.
Irgendwann begriff ich, dass die komischen ausgesetzten Tiere fliegen konnten und, dass einige, die besonders schnell wieder Zuhause ankamen, sogar richtig wertvoll waren.

Oft mussten wir warten bis alle Vögel wieder da waren und konnten erst dann losfahren. Ich fand das komisch. Wozu sollte das alles gut sein?

Ich war immer dabei - in der Nähe von Frauchen. Wenn ich nur mal mein Bein etwas länger hob weil ich einem Hundemädel hinterher sehen musste, und Frauchen dann zwei Minuten auf mich warten musste, bekam ich schon einen Anpfiff.

Naja ich bin ja auch nicht so wertvoll.

So vergingen einige Wochen und Frauchen war in der Zeit sehr glücklich.

Sie konnte endlich mal wieder lachen. Wobei... was sage ich „wieder"? Bei meinen Ex - Herrchen hatte sie eigentlich auch fast nie gelacht.

Leider war dann nach einiger Zeit alles wieder anders.
Frauchen sagte mir nicht was passiert war - aber wir waren wieder alleine.

Trotzdem, so meinte Frauchen, wäre das alles gut gewesen, denn sie wäre sich nun sicher, dass sie nicht so alt und abgewrackt wäre, dass sie ein Leben lang alleine bleiben müsse.

Auch das hatte ich nicht wirklich begriffen. Aber okay... Ich hatte irgendwann am Telefon mit angehört, dass Frauchen zu jemandem sagte, dass sie ein Kompliment bekommen hätte.

Was das ist - keine Ahnung. Muss aber so was sein wie für mich ein Leckerchen, denn Frauchen hatte sich wohl sehr darüber gefreut.

Tagestouren

Inzwischen war es Hochsommer und Frauchen hatte keine Angst mehr beim Autofahren.

Sie fuhr total gerne und und bald sollten wir sogar ein neues Auto bekommen. Etwas größer und eins was nicht mehr quer in die Parklücken passte.

Mit dem kleinen Teil machten wir noch ein paar Tagestouren und als Frauchen befand, dass sie nun recht gut mit dem Wagen umgehen konnte gab es dann einen neuen.

Der war schön. Größer und hinten wieder richtig viel Platz. Da konnte ich auch mal aus der Box heraus wenn Frauchen irgendwo eine Pause machte. Ich durfte dann auf den Matratzen herum toben. Das gefiel mir richtig gut.

Oft fuhren wir wieder am Nachmittag an den See und irgendwo im Schatten blieben wir einfach stehen und guckten den Surfern zu.

Frauchen trank einen Kaffee und wir fanden das Leben gar nicht so schlecht.

Mittlerweile war Frauchen auch nur noch selten traurig.

Öfter mal trafen wir uns mit männlichen Menschen - aber meist fand Frauchen sehr schnell irgendwelche Mängel an ihnen. Dann sagte sie, dass sie nur mich lieben würde und wir dann eben zu zweit blieben.

Mir sollte das recht sein. So hatte Frauchen viel Zeit für mich.

Der Sommer verging unser neues Auto war prima und wir konnten endlich mal wieder weitere Touren fahren und auch Gepäck mitnehmen ohne, dass mein Boxendach beladen werden musste.

Auch in die Orte, wo wir früher zu dritt und mit dem „Haus auf Rädern" gewesen waren, fuhren wir und es ging uns gut dabei.

Als es dann draußen wieder eher dunkel wurde abends, da hatte ich echt Angst, dass Frauchen wieder so traurig dasitzen würde. Passierte aber nicht...

Wieder gab es was ganz Interessantes in meinem Leben...
Zuerst wurde wieder eine Anzeige geschaltet und ich dachte schon, dass wir wieder einen Mann für Spaziergänge gesucht hätten.

Mir war das egal. Ich ging genauso gerne mit Frauchen alleine im Wald wandern. Und wenn wir nur zu zweit waren, dann konzentrierte sie sich auch mehr auf mich. Wenn ich nur mal einen kurzen Schritt humpelte bekam sie es sofort mit. Dann kam ich in den Rucksack und wurde „gewandert".

Wenn jemand dabei war sagte sie schon mal, dass ich doch ein Kerl sein sollte und noch ein paar Meter zu Fuß schaffen würde.

Na okay, wenn sie dafür wieder viel lachen würde, wäre es mir auch recht!

Wir gucken alte Autos an

Seit Frauchen auch mal weitere Strecken mit dem jetzt größeren Auto fahren konnte, ging es sogar manchmal an Orte, die ich noch gar nicht kannte.

So auch an einem Sonntag im Herbst.

Morgens war es noch gar nicht richtig hell als Frauchen mich brutalst weckte.

Ich hatte ja schon gemerkt, dass sie aufgestanden war. Aber warum sollte ich ihr hinterher rennen? Das machte ich nur, wenn sie traurig war und wenn ich befürchtete, sie würde sich wieder auf den Badewannenrand setzen und weinen.

Klar, auch da ging ich nicht so ganz uneigennützig hinter ihr her - aus meinem warmen Bett heraus.

Aber wenn sie zu lange da saß und einfach ihre Tränen nicht stoppen konnte, dann wurde sie doch ganz kalt und vielleicht auch krank. Und dann? Dann konnte sie nicht mehr die langen Gassirunden mit mir gehen.

Also musste ich dann immer zu ihr laufen und ganz doll betteln, dass sie schnell wieder ins Bett zu mir kam.

Aber in dieser Nacht gab es keinen Grund für mich sofort los zu rennen. Ich blieb also noch liegen.

Frauchen ging duschen und dann hörte ich sie in der Küche mit ihrer Morgen-Kaffeetasse klappern.

Ja die heißt echt so. Das ist ein ganz großer Kaffeebecher. Da passt so viel herein wie ich den ganzen Tag nicht trinke.

Halb wird Milch herein geschüttet und dann kommt auch noch ein bisschen Kaffee dazu.

Danach ist Frauchen dann meist wach und ansprechbar.

War mir aber egal; ich hörte alles nur aus der Ferne und hatte auch echt gar keine Lust aufzustehen.

Es ging noch ein paar Minuten gut; dann kam jemand - konnte wohl nur Frauchen sein - direkt auf mich zu. Komisch ich hatte mich doch extra mit dem Rücken zur Tür gedreht. Warum konnte die mich sehen?

Sie sagte erst einmal ganz leise: „Soki, aufstehen!" Das hatte ich nicht gehört. Dann versuchte sie es noch einmal mit dem Zusatz: „Leckerchen!" Ich hatte es wieder nicht gehört.

Und dann nahm sie mich einfach aus meinem schönen weichen Nest und trug mich in die Küche. Da stand schon mein Futter bereit.

Oh; ich mag das so nicht. Ich muss erst richtig wach werden und dann kann man mir mein Frühstück kredenzen.

Aber es nutzte nichts. Frauchen meinte, dass wir schnell machen sollten, denn sonst würden wir bei den Oldtimern keinen Parkplatz mehr bekommen.

Ich hatte nicht mal Lust nachzufragen, was denn diese

Oldtimer für Dinger wären.

Sonst fahren wir dann zur Verwandtschaft, wenn bei uns das Wort fällt.

Ich futterte nur sehr langsam und ließ mich bei jedem Bissen wieder in die Knie sacken, denn ich war mächtig müde.

Etwas besser wurde es dann als ich einfach eine Scheibe Leberwurst bekam. Na, die rutsche doch schon viel geschmeidiger durch meine noch raue Kehle.

Als ich fertig war packte Frauchen ihren Rucksack in den Wagen und wir gingen eben auf die Morgenrunde, wo ich zwischen 20 und 30 mal Pippi machte.
Je nachdem wie viele andere Kollegen sich in meinem Revier herumgetrieben hatten.

Danach ging es los.

Frauchen sagte, dass ich ruhig noch eine Runde schlafen könnte.

Ja, jetzt wo ich endlich wach war, da sollte ich wieder ruhig sein. Typisch Menschen.

Aber ich kugelte mich in der Box zusammen und schlief tatsächlich noch ein.

Als ich wieder aufwachte standen wir auf einer großen Wiese und um uns herum ganz viele andere Autos.

Eigentlich war es ein ganz normaler Parkplatz. Warum hatte Frauchen denn so ein komisches Wort gesagt, wo wir hin wollten?

Wie stiegen aus und liefen erst einmal durch einen Park.

Das war toll. Naja bis auf die Schilder die an jedem dritten Baum standen, dass hier keine Hundetoiletten seien. Wozu auch? Hier gab es doch Bäume genug. Ich fand es nicht schlimm, dass die nicht extra noch Toiletten für uns eingerichtet hatten.

Als ich dann auch noch an eine Blume pinkelte die zu einem Beet gehörte, welches in Herzform angelegt war, guckte Frauchen schon etwas seltsam. Also ließ ich es lieber sein.

Hätte es auch kaum noch geschafft einen einzigen Tropfen aus meinem Bauch zu quetschen. Wollte doch nur meine Spuren hinterlassen.

Und dann meinte Frauchen plötzlich, dass wir nun angekommen seien.

Oh da standen auch ganz viele Autos. Die sahen aber anders aus als unseres.

Die waren teilweise mit Blume geschmückt. Warum?

Das kannte ich nur von einer Hochzeit. Da waren wir auch mal. Da hat eine Bekannte von Frauchen geheiratet und obwohl sie eigentlich mit einer Kutsche zur Kirche fahren wollte, kam sie dann in einem ganz langen Wagen und so vielen Blumen drauf bei der Hochzeit an.

Ob die nun alle Hochzeit machten?

Aber als ich genauer hinguckte standen da auch Preisschilder an den Autos. Und die hatten viele Zahlen drauf. Nicht so wie bei meinem Bio-Hundefutter, wo Frauchen schon immer nörgelt, dass es teuer ist.

Das war dann aber hier richtig teuer.

Frauchen ging von einem Wagen zum anderen. Mich hatte sie inzwischen auf den Arm genommen, denn ich musste ja auch lesen, was auf den einzelnen Schildern so stand.

Und an einem großen Auto, welches so aussah wie unser „Haus auf Rädern" von früher, nur in kleiner, da blieb sie ganz lange stehen.

Sie sprach mit dem Mann, der wohl zu dem Wagen dazu gehörte.

Sie redeten von Reisen und davon, dass das alte Auto „Bulli" hieß.

Das war ja lustig. So hieß doch auch mein Hundekumpel von früher mal aus dem Park bei uns in der Nähe. Der hatte eine ganz lange Nase mit rosa dran und alle hatten Angst vor ihm.

Ja das war der Bulli. Ich hatte natürlich keine Angst, denn der war ja so lieb.

Ja und so hieß der Wagen also auch. Da waren so Gardinen dran wie Frauchen sie in der Küche hatte als ich noch ganz klein war.

Heute haben wir keine Gardinen mehr, denn Frauchen hat überall ihre über alles geliebten Orchideen stehen. Auf die bin ich ab und an ganz schön eifersüchtig, denn sie redet sogar manchmal mit denen; so als wären sie so lebendig wie ich.

Naja auf jeden Fall sah dieser Bulli von innen aus wie ein Wohnzimmer.

Wir durften uns herein setzen und ich bekam sogar Wasser aus einer Kristallschale.
Was für ein Service.

Leider konnten wir keine Probefahrt machen, denn dieser Bulli stand eingerahmt von ganz vielen anderen Autos.

Schade, Frauchen wäre bestimmt gerne mal eine Runde gefahren.

Wir haben dann noch lange die anderen Autos angeguckt, aber Frauchen kam ganz am Ende unseres Rundgangs doch wieder zu dem Bulli zurück.

Der war inzwischen verkauft und der Besitzer setze sich noch einmal mit uns in das schöne Innere und teilte uns mit, dass es ihm schon sehr weh täte den Wagen abzugeben.

Aber da er umziehen musste und nicht mehr so viel Platz hatte, ging es wohl nicht anders.

Frauchen erfuhr dann noch, dass dieser Uralt - Bulli eine fünfstellige Summe gebracht hatte.

Was das war weiß ich nicht. Aber Summe ist meist Geld. Und fünf Stellen, das scheint wohl viel zu sein.

Komisch, wenn mein Futter € 1,11 kostet dann sind das ja auch schon drei Stellen - aber irgendwie muss das wohl anders gehen mit dem Geld.

Wir haben dann sogar noch einen Kaffee in dem Bulli getrunken - der Mann und Frauchen; und ich bekam wieder die schöne Kristallschale mit Wasser.

Dann sind wir noch eine Runde durch den Park gegangen und haben zugesehen wie die alten Autos am späten Nachmittag alle der Reihe nach durch die Straßen fuhren. Das war echt schön.

Ich wusste noch immer nicht was nun Oldtimer waren; aber es musste wohl was mit alten Autos zu tun haben.

Ich hatte mir da was ganz anderes drunter vorgestellt, denn wenn Frauchen mit ihrer Freundin telefoniert sagt sie oft, dass wir zu den Oldtimern fahren.

Das heißt dann wir fahren zu Oma und Opa. Aber die habe ich bei den Autos nicht gesehen. Muss also etwas anderes bedeuten.

Mir egal... es war ein richtig schöner Tag und, dass Frauchen so viel gelacht hat, ja das machte mich richtig glücklich.

Hurra - ich bin kein Pudel

Das muss ich Euch auch noch erzählen.

Es ist wirklich selten, dass Frauchen mitten auf der Straße in Gelächter ausbricht. Meist sagt sie immer, dass man in der Öffentlichkeit nicht auffallen muss; und schon gar nicht unangenehm.

Aber das gilt ja meist für mich, wenn ich mal wieder eine Bellattacke bekomme.

Auf jeden Fall hat Frauchen auch schon mal dafür gesorgt, dass wir sehr auffielen.

Und das kam so:

Wie ich Euch schon berichtete, gehen wir immer in einem Kurgebiet in der Nähe von unserem Wohnort spazieren.

Auch an diesem Morgen fuhren wir los.

Es war ja morgens schon nicht mehr so früh hell und so gingen wir erst einmal durch den Ort, denn im Dunkeln, da sind wir nicht so gerne im Park unterwegs. Ihr wisst ja, da laufen manchmal diese XXL- Kollegen ohne Leine frei herum.

Also guckten wir erst die beleuchteten Schaufenster an und dann war es hell genug, dass wir unsere Parkrunde laufen konnten.

Wie immer kamen wir auch am Eingang zu dem Gelände an

einem Haus vorbei, wo ganz reiche Leute wohnen.

Die haben große Autos vor der Tür stehen. Flache mit breiten Reifen, einen großen Geländewagen und seit neuster Zeit auch noch einen wo die Türen nicht aufgehen wie bei allen Autos die ich kenne; sondern die sehen aus wie Flügel.

Auf jeden Fall haben die alles, was man eigentlich nicht wirklich braucht.

Und natürlich haben die auch einen Gärtner.

Frauchen hat immer sehr darauf Acht gegeben, dass ich ja nicht auf die Wiese von denen gehe und schon gar nicht da mein Bein hebe.

Einmal, als ich nur von außen an deren Zaun mal schnüffeln wollte, riss Frauchen mich förmlich weg und meinte, mit denen wäre bestimmt nicht gut „Kirschen essen".

So ein Quatsch, ich wollte doch nichts mit denen essen. Ich wollte nur mal ganz schnell den einen Pfosten kennzeichnen, damit meine Kollegen wussten, dass ich da war.

Aber das ging nicht.

Erst wollte ich Frauchen noch sagen, dass ich doch keine Kirschen essen wollte; aber ich kam gar nicht dazu.

Bevor ich mich versah waren wir schon im Park. Und da gab es zumindest Ecken wo ich mein Bein heben konnte, ohne, dass an der Leine geruckelt wurde.

Nun, das war dann so unsere fast immer gleiche Runde. Auch da, als Frauchen ihren Lachanfall bekam.

Wir gingen dann sehr lange spazieren und trafen auch noch eine andere Frau die auch einen kleinen Hund besitzt.

Wir hatten sie schon oft gesehen; aber gesprochen hatten die Frauchen noch nie miteinander.

Heute redeten sie und wir erfuhren, dass der andere Hund auch aus den Tierschutz kommt.

Er heißt Rapunzel - muss also wohl ein Mädchen sein. Also ist er eine sie und sie ist fast 30 Zentimeter groß und hat ganz langes Fell.

Und Augen hat sie, so etwas habe ich noch nie gesehen. So irre groß und ganz dunkel und irgendwie guckt sie immer traurig.

Sie geht auch sofort hinter ihr Frauchen wenn sie mich sieht. Dabei habe ich ihr noch nie gezeigt, wie ich so vom Charakter her bin. Ganz im Gegenteil, sogar an dem Tag, als sich die Frauchen unterhielten stand ich ganz lieb ein Stück entfernt und fraß Wiese.

Ja, wir erfuhren dann, dass Rapunzel aus Spanien kam und, dass sie, als sie bei ihrem Frauchen aufgenommen wurde völlig nackt war.

Man hatte auf ihrem Rücken Zigaretten ausgedrückt, sie getreten und immer wieder auf sie eingeschlagen.

Okay, dann konnte ich verstehen, dass sie nicht die mutigste war und ich beschloss auch sofort sie niemals zu ärgern.

Erstmal ging das sowieso nicht, denn ich war mit mir und meinem Magen beschäftigt.

Irgend einer der vielen Grashalme war wohl schlecht gewesen und es dauerte keine zehn Minuten und der ganze Grasklumpen wollte wieder aus meinem Magen heraus.

Mir ist ja selten etwas peinlich, aber da wäre ich doch am liebsten im Boden versunken.

Mitten im Park, neben mir eine wunderschöne Rapunzel - Hündin und ich kotzte was das Zeug hielt; mitten auf den Weg.

Frauchen guckte mich mit einem Blick an, der auch alles andere als freundlich war.

Zum Glück war der Weg mit Sand zugeschüttet, da sie in der Nähe einen Spielplatz neu aufbauten.

Da konnte man das Malheur dann noch halbwegs beseitigen.

Keiner schimpfte mit mir; aber ich war mir sicher, dass Rapunzel mich nun erst recht nicht mehr angucken würde. So einen Kotzbrocken wie mich wollte die bestimmt nicht zum Freund haben.

Wir verabredeten uns aber doch wieder für den nächsten Tag und ich freute mich und nahm mir fest vor, mich dann auch besser zu benehmen.

Nachdem wir im Parkbistro noch einen Kaffee getrunken hatten; Frauchen einen Kaffee und ich ein Wasser, gingen wir dann wieder zurück und kamen wieder an dem Garten der Reichen her.

Und da sind wir dann erst einmal stehengeblieben.

Da klebte doch ein XXL- Pappschild mit bunten Klebestreifen an dem ach so edlen Holzzaun und darauf stand:

„Hier haben keine Pudels zu kacken!"

Frauchen hat ja immer ihr Handy dabei.

So schnell habe ich sie noch nie gesehen beim Fotos machen. Sie konnte sich kaum halten vor lachen und als sie die Bilder machte, waren die bestimmt verwackelt, denn sie hatte einen regelrechten Lachschub.

Nicht nur, dass diese reichen Menschen das Wort „kacken" gebrauchten; nein sie schrieben auch noch eine bestimmte Hunderasse an.

Und dann noch in einem Deutsch, welches alles alles andere als perfekt war.

Frauchen prustete immer wieder los: „Pudels dürfen da nicht kacken!".

Sie kriegte sich gar nicht wieder ein. Ich nutzte die

Gelegenheit und stellte mich genau an den Pfosten wo das Schild oben krumm und schief und mit Klebestreifen in den buntesten Farben angebracht war.

Ich hob mein Bein bis über den Kopf und strengte mich mächtig an, dass noch ein paar Tropfen Pippi an den Zaun gelangten.

Wir waren doch vorher im Park gewesen, da hatte ich echt schon alles gegeben um auch jeden Strauch zu kennzeichnen.

Normalerweise hätte Frauchen mich wieder angeraunzt und bestimmt ganz schnell weggezogen.

Aber da passierte dann das Wunder und sie sagte zu mir: „Soki solltest Du noch ein großes Geschäft verrichten wollen; dann kannst Du das auch gleich hier noch tun; denn Du bist ja zum Glück kein Pudel und darfst also hier ab heute offiziell kacken!"

Ich war so schockiert, dass ich ganz vergaß mein Bein wieder auf die Erde zu stellen.

Ich stand noch immer hochkant am Zaun als eine Bekannte mit ihrem Mischling auf uns zu kam.

Sie sah wie Frauchen, schon ganz rot im Gesicht, dastand und lachte.

Erst begriff sie nicht; aber als Frauchen dann mit dem Finger auf das Schild deutete, fing auch sie an zu lachen.

Das war ja so toll... Der Murks und ich haben dann immer wieder im Wechsel unsere Beine gehoben und so getan als würden wir den Zaun markieren.

Leider mussten wir beide nicht mehr und hatten die großen Gassirunden ja schon hinter uns.

Unsere Frauchen haben dann noch ein Weile gelacht und dann fuhren wir irgendwann nach Hause.

Frauchen hatte die Fotos nicht verwackelt und weil sie es wirklich lustig fand, dass so reiche Menschen ein solches Warnschild an ihren Edelzaun kleben, hat sie ein Foto an die Zeitung geschickt und das wurde sogar veröffentlicht.

Bestimmt haben dann auch ganz viele Leser mal richtig lachen können.

Leider war das Schild schon am nächsten Tag wieder weg. Entweder hat es ein Pudelkollege abgerissen oder es ist einfach bei dem Sturm der nachts aufkam weggeflogen.

Aber wir haben uns echt amüsiert.

Ach ja und als wir am nächsten Tag dann wieder im Park die Rapunzel trafen, da hatte die sogar vergessen wie ich mich am Vortag benommen hatte.

Ich ging ganz langsam auf sie zu und ich durfte zum ersten Mal an ihrem langen Fell schnuppern. Sie hatte mir meine Kotzattacke verziehen.

Ich habe mich dann auch immer gut benommen und in ihrer Gegenwart nie mehr Gras gefressen.

Heute sind wir richtig gute Freunde.

Sie ist eher so ein Kumpel für mich, denn wenn ich mal näher an sie heran will - ihr wisst schon - dann reagiert nicht nur Rapunzel sondern auch unsere beiden Frauchen heftig.

Okay, muss ja auch nicht sein. Man sagt ja immer eine gute Freundin ist mehr wert als alles andere auf der Welt. Dann will ich das mal glauben und benehme mich auch ganz gentlemanlike.

Ich werde beleidigt

Mittlerweile war es schon recht kühl morgens und die Sonne kam auch nur noch selten für längere Zeit heraus.

Frauchen und ich machten aber immer noch unsere Tagestouren.

Es war noch dunkel als wir losfuhren - ich hatte keine Ahnung wohin wir wollten.

Ich fand es auch nicht nett, dass ich wieder so früh aus dem Bett gezerrt wurde. Das Frühstück habe ich verweigert, wie immer wenn man mich nicht ausschlafen lässt.

Klar, es gab dann eine Scheibe Wurst; aber viel besser war meine Laune danach auch nicht.

Kalt und dunkel - was soll da der Blödsinn, dass man überhaupt aufsteht und dann noch mitten in der Nacht?

Da Frauchen manchmal wirklich gar nicht nett ist, musste ich mich von ihr ins Auto tragen lassen.

Ja klar wurde ich getragen. Glaubt Ihr denn, dass ich auch noch kalte Füße haben will, bevor es denn losgeht?

Nein, das hat Frauchen auch kapiert; wenn schon früh heraus bei Kälte, dann aber bitte ganz schnell auf dem Arm zum Wagen. Da verkneif ich mir dann auch das Beinheben, was sonst morgens immer ganz eilig ist.

Okay, also fuhren wir los.

Nach einer ganz langen Fahrt hielten wir an und als ich die Augen mal richtig aufmachte, sah ich, dass ich blinzeln musste.

Die Sonne schien.
Oh, vielleicht waren wir ja in den Süden gefahren. Nein, wohl eher nicht - es war sehr kalt.

Nun musste ich aber ganz dringend mal eben etwas Pippi loswerden.

Klar, ich sollte irgendwo an den Busch gehen.
Habe ich leider nicht geschafft. An Frauchens Autoreifen floss ein langer Bach entlang. Aber ich bekam keine Schimpfe - Frauchen lachte sogar.

Wir starteten, nachdem ich noch meinen Mantel angezogen bekam. Nicht den mit innen Futter drin - so kalt war es ja doch noch nicht.

Ich trabte neben Frauchen her und hatte sogar schon etwas bessere Laune.

Wir gingen erst durch eine kleine Stadt.

Da zog Frauchen mächtig an der Leine, denn sie kannte mich ja; außer Pippi musste ich morgens noch mehr und das sollte hier in der kleinen romantischen Fußgängerzone vermieden werden.

Wir hatten dann gar nicht mehr weit zu laufen bis wir auf

einer riesigen Wiese ankamen.

Da waren ganz viele kleine Kumpels von mir. Oder besser; es waren so kleine Zwerge wie ich. Ob das mal Kumpels von mir würden, dass musste sich erst noch zeigen.

Frauchen steuerte auf eine andere Frau zu.
Die beiden kannten sich. Komisch ich wusste gar nicht wer die andere war.

Sie hatte einen kleinen Yorkie an der Leine und der hatte genau den gleichen Gesichtsausdruck wie ich. Ja dem hing auch die Zunge ganz lang raus.

Ich mochte ihn sofort, denn der war noch winziger als ich.

Wir durften uns beschnuppern - ganz nah und dann begann das bunte Treiben.
Ja wir jagten uns wie die Wilden und immer wieder sprangen wir uns gegenseitig ganz doll an.

Das hat so richtig Spaß gemacht.

Unsere Frauchen holten sich einen Kaffee im Pappbecher, den gab es an so einem Wagen, der da an der Wiese stand.

Sie redeten und wir durften einfach machen was wir wollten.

Die große Fläche war unterteilt.
Da nebenan spielten größere Hunde. Das waren eine ganze Menge und noch ein Stück weiter erkannte ich irische Wolfshunde.

Die kannte ich ja, weil ich ja mal bei einem dachte, der wäre ein Berg, als er im Eingangsbereich unseres Bioladens lag. Hatte ich Euch ja im ersten Buch erzählt...

Das fand ich ja so toll. Da konnten die Kleinen mit den Kleinen und die anderen mit ihresgleichen spielen.

Super, die Fahrt hatte sich echt gelohnt.

Nachdem der andere Zwerg, der übrigens „Riese" hieß, und ich unsere gesamten Morgengeschäfte erledigt hatten; und natürlich unsere Frauchen für Ordnung und Sauberkeit gesorgt hatten, gingen wir noch einmal in die Stadt zurück.

Da setzten wir uns alle vier in ein kleines Straßencafe´ und genossen ein paar Sonnenstrahlen.

Als wir danach noch einmal auf die Spielwiese für Minis durften waren wir richtig glücklich.

Wir haben so lange getobt, bis wir fast umfielen.

Dann nahmen unsere Frauchen uns an die Leine und wir gingen Richtung Auto zurück.
Das andere Frauchen hatte ihren Wagen fast neben uns geparkt. Schön, so konnten wir den ganzen Weg zusammen gehen.

Alleine wäre ich auch bestimmt zu müde gewesen und man hätte mich wieder tragen müssen.

Kurz vor dem Parkplatz kam ein fremde Frau auf uns zu.

Sie war edel gekleidet und hatte Goldarmbäder um - ganz dicke und breite.
Sie selbst war auch ziemlich „breit".

An der Leine hielt sie einen Winzling - auch einen Yorkie.

Der war ja nur halb so groß wie ich. Und der hatte eine pinkfarbene Schleife im Fell und trug einen Skianzug in rosa.

Klar, ich habe auch Mäntelchen wenn es kalt ist. Aber ich sehe doch wohl nicht auch so bescheuert aus...wie der da?
Das wäre ja furchtbar.

Die Frau sprach unsere Frauchen direkt an und meinte, wie man denn solch „Kreaturen" in der Öffentlichkeit zeigen könnte.

Ich hatte es erst gar nicht verstanden.
Ich wusste nicht was sie meinte.

Beide Frauchen wurden plötzlich knallrot im Gesicht und sahen echt wütend aus.

Bevor das Frauchen von Riese überhaupt Luft geholt hatte sagte mein Frauchen Folgendes: „Was bilden Sie sich eigentlich ein? Ihr kleiner mit Pomade gestylter Kampfaffe ist keinen Cent mehr wert als unsere Hunde hier. Wir haben Tiere aus dem Tierschutz. Wir haben selber Fehler und Lackschäden und wir stehen zu allem was wir sind und machen. Sie sollten mal in den Spiegel schauen. Haben es nötig Ihre Fassade zuzukleistern und Ihren armseligen Köter lassen sie im Skianzug durch die Gegend stolzieren. Sie sind behangen wie ein Christbaum. Aber auch Gold lenkt nicht vom wahren Menschen ab. Da können Sie sich mit Barren bepacken. Der Kern bleibt wie er ist und der ist bei Ihnen einfach schlecht. Sehen Sie lieber zu, dass Ihr Winzling nicht trotz Skikleidung einen kalten Hintern bekommt, dann braucht er nach dem kacken auch noch pinkfarbenes Klopapier!"

Boah, so was hatte Frauchen noch nie gesagt.

Und ich habe so vieles gar nicht begriffen.

„Fassade", „zugekleistert", „Goldbarren"???

Was war denn eigentlich los?

Das andere Frauchen von Riese sagte nur einen Satz. Den darf ich hier aber nicht wiederholen. Der war wirklich nicht „stubenrein".

Die edle dicke Frau und ihr kleiner gestylter Pimpf gingen schimpfend wieder zu ihrem Auto.

Da waren sie doch eben erst ausgestiegen.

Frauchen meinte noch, dass sicher ihre Fassade bei der Kälte Risse bekäme. Die stiegen ins Auto und fuhren los.

Wir standen noch eine Weile da und während sich Rieses Frauchen erst mächtig ärgerte, da musste mein Frauchen nur lachen. Sie stand da und ihr liefen die Tränen durchs Gesicht. Sie lachte und lachte.

Später hat sie mir dann alles erklärt; auch, dass diese dumme Zicke doch tatsächlich gemeint hatte, dass wir eingeschläfert gehörten; nur weil unsere Zunge heraushängt.

Als ich das hörte habe ich mich echt geärgert, dass ich nicht an ihr Bein gepinkelt habe. Vielleicht wäre da auch was abgebrochen oder gerissen - so wie an ihrer Fassade?

Ja aber ich war mächtig stolz auf mein Frauchen. Die hatte mich so verteidigt und natürlich den Riesen auch, dass die andere Frau sogar den Spaziergang, den sie doch sicher machen wollte, vergessen hatte.

Oder sie hatte plötzlich „kalte Füße" bekommen.

Egal ich war stolz auf mein Frauchen und auf meine Optik bin ich auch stolz. Ich bin einmalig - eben ein echtes Unikat.

Weihnachtsmärkte

Noch ein Weilchen später war es dann schon fast richtig Winter.

Frauchen hatte Geburtstag gehabt und das war ein Tag der war gar nicht schön. Zum ersten Mal in ihrem Leben war sie an dem Tag ganz alleine - natürlich mit mir. Sie war echt nicht gut drauf.

All ihre Bekannten und natürlich ihre beiden Freundinnen riefen an. Aber trotzdem ging es Frauchen nicht gut. Als dann abends noch das Ex - Herrchen herunter kam und ihr ein Geschenk brachte war es ganz vorbei. Sie schickte ihn schnell weg um dann in aller Ruhe auf dem Sofa zu heulen.

Selbst als ich ihr all meine Quitschetiere brachte konnte sie nicht lachen.

Ganz schnell war es aber vorbei und nachdem wir uns wieder mal mit jemandem getroffen hatten; der natürlich auch nicht ganz so war wie Frauchen es sich wünschte, gab es neue Beschlüsse in ihrem Kopf.

Sie hatte entschieden, dass wir uns ja auch jemanden suchen könnten, der gar nicht dieses komische, was sich „Beziehung" nennt sucht, sondern einfach jemanden, der auch gerne auf Weihnachtsmärkten unterwegs war, so wie wir zwei.

Es dauerte nicht lange und wir hatten so einen gefunden.
Der war auch total nett zu mir. Klar, sonst wäre ich ja auch gar nicht mitgefahren. Der streichelte mich ganz viel. Ich durfte

ihn anknurren und bekam sogar noch Leckerchen heimlich am Tisch.

Uih, da wurde Frauchen aber echt sauer, als sie das mitbekam. Ich sei doch eh schon ein ungehobelter Kerl und immer würde ich allen mit meinem Gebell auf den Nerv gehen und dann jetzt auch noch Bettelei am Tisch. Nein, das wollte sie nicht dulden.

Okay sie hat das so gesagt; hat mich auch dabei nicht gerade freundlich angeguckt; aber gemeint hat sie unseren Weihnachtsmarkt - Mitfahrer.

Es sollte heißen, dass wir ihn nicht mehr mitnehmen - oder besser, dass wir nicht mehr mit ihm mitfahren würden, wenn er mir auch nur noch einmal ein Leckerchen am Tisch zuschieben würde.

Mensch, der arme Kerl der tat mir fast leid. Der hatte es doch nur gut mit mir gemeint.
Und ich tat mir auch ein bisschen leid.

Mir hatte es immer gut geschmeckt, was da so vom Tisch gefallen war.
Aber okay, wir mussten uns fügen.

Der Typ wollte ja weiterhin mit uns durchs Land fahren und ich wollte natürlich auch nicht Zuhause bleiben.

Also fuhren wir wieder los; nicht nur an den Wochenenden - manchmal sogar unter der Woche - und wo wir überall waren. Auf ganz großen Märkten; aber auch ganz kleine haben wir uns angeguckt.

Frauchen mochte schon immer lieber die Märkte wo man noch so richtig Handgemachtes bekommt.
Wo es nichts gibt, was man das ganze Jahr hindurch auch in den Geschäften kaufen kann.

Ja und die Märkte gefallen mir auch viel besser. Das hat bei mir allerdings einen anderen Grund.

Die großen Märkte sind immer voll. Da kann man kaum laufen und ich werde fast immer getragen.

Da steht eine Bude neben der anderen. Ja und ich sage hier bewusst „Bude". Das sind eher so Stände wie auf dem Trödelmarkt. Das sind nicht die schönen Weihnachtshäuschen, die man in kleineren Orten zu Weihnachten findet.

Außerdem fehlen bei den Großmärkten die Bäume zwischen den einzelnen Verkaufsständen.

Mir hat es am allerbesten da gefallen, wo nur so um die zwanzig Hütten waren und zwischen jeder einzelnen immer mindestens vier Weihnachtbäume standen.

Das war so toll. Da durfte man das Bein heben und über einem schimmerten die Kerzen und die bunten Kugeln. Frauchen guckte bei den schönen Dingen und ich machte was ich wollte.

Nur an die schönen Weihnachtshäuschen da habe ich nie gepieselt; denn so was mache ich nicht. Da brauchte Frauchen auch gar nicht aufpassen, denn sie hatte mir oft von der Zeit erzählt, wo sie und mein Ex - Herrchen selbst auf solchen Märkten gestanden hatten - und da wären sie sicher auch total sauer geworden, wenn ein kleiner Zwerg wie ich an ihrem Verkaufsstand sein Bein gehoben hätte.

Ja das war schon alles super.
Und alles in allem waren wir auf neunzehn Märkten.

Da hatte es sich doch gelohnt, dass ich keine heimlichen Leckerchen mehr bekam. War echt eine tolle Zeit.

Und was ich noch gar nicht wusste... Weihnachtsmärkte hören nicht unbedingt zum Fest auf. Sie gehen teilweise bis mitten in den Januar weiter.

So waren wir noch zu Anfang des neuen Jahres in einer Stadt mit einer großen Kirche - die heißt Dom. Da gab es eine Schlittschuhbahn und viele bunter Stände und das nach den Weihnachtsfeiertagen.

Auch in Winterberg, wo wir ja unsere Tagestouren oft hin machen, konnten wir noch im neuen Jahr die Weihnachtshütten bestaunen.

Ja war ein toller Winter und Frauchen hat auch fast nie mehr geweint nach ihrem Geburtstag.

Da war es ja auch so doll gewesen, dass es eigentlich für die nächsten Jahre reichen müsste.

Abwechslung

Es dauerte dann nicht mehr so lange bis wir wieder mal zu zweit alleine waren - mein Frauchen und ich.

Irgendwann war es mit den Weihnachtsmärkten dann ja doch vorbei und Frauchen und der Weihnachtsmarkt - Mitfahrer stellten fest, dass sie so keine anderen gemeinsamen Interessen finden konnten.

Sie haben dann noch einen Kaffee zusammen getrunken und als sie sich auch nicht wirklich gut unterhalten konnten, hatte sich das dann alles erledigt.

Ja, mein Frauchen sagt immer, dass es ganz wichtig ist, dass man mit dem Menschen, mit dem man zusammen ist reden kann. Über alles am besten.

Okay, deshalb ist sie ja auch mit mir zusammen - wir können über absolut alles reden.

Das ging dann also nicht mit dem anderen und somit hatte ich Frauchen wieder für mich.

Obwohl noch Schnee lag konnte Frauchen inzwischen so gut Autofahren, dass sie auch keine Angst mehr vor glatten Straßen hatte. So konnten wir also weiterhin in den Städten in unserer Umgebung unterwegs sein.

Ich wartete schon, dass Frauchen mal wieder eine Anzeige aufgeben würde.
Tat sie aber nicht.

Aber sie las die Inserate von anderen. Und ab und an schrieb sie mal zu jemandem hin.

Meist kam schnell eine Antwort und schon ein paar Stunden später erstattete sie ihrer Freundin Bericht.

Oft hieß es, dass die Typen doch alle gleich wären und fast alle nur „das eine" wollten
Ich wusste noch immer nicht, was dieses „das eine" war. Aber zumindest wollte Frauchen genau das wohl nicht.

Wenn sie das also nie mit einem machte, würde ich auch nie erfahren was es denn wohl sein könnte.

Nun egal; wir unternahmen viel und irgendwann schrieb Frauchen mehrmals demselben Mann. Das ging ein Weilchen so, dann telefonierten die beiden.

Und dann haben wir uns alle drei getroffen.
Ja der war recht nett. Kam aus einer großen Stadt. Dahin wollte Frauchen dann doch nicht unbedingt fahren. Also kam er in die Nähe des Sees hier. Das war auch besser. Da kannte ich mich zumindest aus. Und wir gingen lange spazieren.

Er erzählte, dass er ein paar Handicaps hätte und das fand Frauchen nicht schlimm.

Sie sagt ja immer, dass es auf innere Werte ankommt und nicht auf Äußerlichkeiten und auch nicht darauf, ob jemand einen „Schaden" hat. Nein, das sagt sie natürlich nicht so. Das darf man gar nicht so sagen.

Das heißt, dass es nicht schlimm ist, wenn jemand eine Behinderung hat.

Und da Frauchen ja selbst blind ist wie ein Maulwurf; da weiß sie ja wovon sie redet.

Zu mir sagt sie auch immer, dass ich behindert bin. Ich empfinde das gar nicht so. Okay, ich sehe etwas anders aus als meine Hundekollegen. Aber mir macht das nichts aus.

Seit ich keinen Zahn mehr im Maul habe, da fällt meine Zunge immer heraus. Das kann ich auch nicht verhindern. Ich kann die nicht mehr bremsen. Sie war ja früher immer in meiner Schnauze hinter den Zähnen. Aber jetzt?

Ja okay, dann habe ich eben auch einen Schaden.
Aber solange ich noch essen und trinken kann da ist mir das doch ganz egal.

Frauchen hat schon immer behauptet, dass ich wegen meines Charakters anders bin; nun, dann bin ich jetzt eben von der Optik her auch noch einzigartig.

Klar die Menschen sehen das etwas anders; ich weiß. Wenn jemand humpelt oder schielt oder sonst etwas hat, was andere nicht so haben und man sieht es ihm von Weitem an, dann ist das für die Leute ganz schlimm.

Sie werden gehänselt; sagt Frauchen. Ich kenne das nicht. Aber muss wohl heißen, dass andere dumm herüber gucken und blöde Bemerkungen machen.
Ach mir ist das so was von egal.

Wenn einer was Dummes über mich sagt, dann knurre ich ihn an und wenn er ein Auto dabei hat, dann pinkele ich an den Reifen und wenn er ganz doof ist; dann beiße ich ihn zahnlos in die Hacken. Und das kann ich verdammt gut. Manchmal blutet es sogar.

Wetten, dass der nie mehr über einen zahnlosen Hund lästert?

Egal; auf jeden Fall trafen wir uns dann mit dem Neuen öfter und irgendwann gehörte er fast zu uns dazu.

Vielleicht kam das ja auch, dass wir uns alle so gut verstanden weil wir alle einen Schaden haben. Kann schon sein. Aber das war doch gut so.

Wir fuhren viel herum, Frauchen und der nicht mehr Neue gingen oft mit mir essen. Ja das ist ganz wichtig zu erwähnen.

Ich musste nie alleine bleiben.

Obwohl der Typ vorher nie einen Hund besessen hatte, war er sofort sehr nett zu mir.

Der hatte zwar etwas Angst und eigentlich nutze ich so etwas sofort aus und zeige den Leuten dann, wer der Boss hier ist. Aber bei dem habe ich mich sehr zurück gehalten. Zumindest am Anfang. Und so wurden er und ich richtig schnell Freunde.

Wenn meine Leute also ins Restaurant gingen durfte ich entweder mit, oder es wurde ein Platz gesucht, wo sie mich fast im Auto sehen konnten während sie ihr Essen genossen.

Das war klasse. So hatte ich kaum noch Angst, denn ich wusste immer, dass sie in der Nähe waren.

So verging dann eine ganze Zeit.

Es dauerte auch gar nicht lange, bis Frauchen auch den Weg in die große Stadt selbst fahren konnte. Sie fuhr zwar immer etwas mehr außen herum, damit sie nicht mitten durch „die Massen" musste. Ja so nannte sie den Stadtkern immer.
Aber wir kamen an und nur das zählte.

Dann wurde was geplant, was ich noch aus früheren Zeiten gut kannte - damals noch mit dem „Haus auf Rädern".
Wir wollten endlich mal wieder richtig Urlaub machen.

Dieses Mal allerdings so richtig in einer Wohnung. Aber immerhin da, wo ich auch schon mit Ex - Herrchen und Frauchen war.

Naja wie das dann alles ablief, dass kann ich hier nicht erzählen. Okay, klar könnte ich es Frauchen diktieren. Aber sie hat sich strikt geweigert das zu schreiben, denn sie wird dann immer in eine ganz schlechte Laune versetzt und...
Nein, das will ich ja nicht.

Also auf jeden Fall war dann nach einer kurzen Zeit nicht nur der Urlaub zu Ende sondern auch die Freundschaft zwischen dem Mann aus der großen Stadt und meinem Frauchen.

Hatte sich alles anders ergeben als es geplant war. Ja, so erklärte Frauchen es mir. Verstanden habe ich es nicht wirklich. Aber nachgefragt habe ich auch nicht, denn ich mag es ja gar nicht, wenn Frauchen wieder weinen muss. Und da habe ich das mal so hingenommen.

Dann sind wir viel herum gefahren und waren fast jeden Tag unterwegs.

Frauchen meinte, dass sie so nicht so merken würde, dass sie wieder alleine ist.

Dabei war sie nie alleine. Ich habe sie nicht eine Minute aus den Augen gelassen, selbst wenn sie unter der Dusche stand, habe ich mich davor platziert.
Sie sollte doch merken, dass ich sie nie im Stich lasse.

Okay, das hat sie auch erkannt, denn sie hat oft zu mir gesagt, dass ich schlimmer wäre als ein Schatten.

Dabei wollte ich sie doch nur beschützen.

Sommer

Tatsächlich war ich dann also wieder ein paar Monate der einzige Mann in Frauchens Leben.

Ex - Herrchen wohnte noch immer oben in unserem Haus. Aber der hatte kaum noch Zeit mit Frauchen zu streiten, denn der musste ganz viel lernen und arbeiten.

Wir haben uns endlich mal wieder meinen Balkon richtig schön fertig gemacht; dazu hatte Frauchen das Jahr davor keine Lust gehabt. Da stand nur eine Liege da und ein paar Blumen gab es auch.

Jetzt wurden wieder alle großen Töpfe bepflanzt - mit Steinrosen. Das sind so Blumen die ganz schön aussehen und wenn es dann fast Herbst ist, dann blühen die in rosa und gelb.

Und die sind nicht empfindlich.
Frauchen sagt immer, dass man dafür keinen „grünen Daumen" braucht.

Ich weiß nicht was das bedeutet; aber auf jeden Fall sehen Frauchen's Daumen auch nicht grün aus und diese Blumen die gehen bei ihr nie ein.

Als wir dann alles wieder schön fertig hatten lernte Frauchen wieder jemanden kennen.

Der kam gar nicht von so weit weg und der wohnte auch nicht in einer großen Stadt.

Frauchen und er trafen sich sogar einfach mal so eben zum Kaffee; weil wir eben nicht weit fahren mussten.

Ich blieb öfter mal im Wagen. Okay, natürlich nur, wenn es nicht zu warm war.

Ich mochte den Neuen nicht so gerne wie den anderen Neuen von vorher.

Irgendwie merkte ich, dass der mich auch nicht wirklich lieb hatte. Der redete nie mal mit mir und wenn Frauchen sagte, dass ich mit im Bett schlief, dann wurde der irgendwie ganz blass.

Komisch, wo sollte ich denn wohl sonst schlafen?
Ob der nicht in einem Bett schlief? Naja zum Glück nicht mit in unserem!

Einmal meinte er sogar, dass man das ja nicht auch noch erzählen müsste.

Frauchen sah das natürlich ganz anders und machte ihm klar, dass wir zwei - ich und Frauchen - zusammen gehören und als sie noch sagte, dass sie für mich durchs Feuer gehen würde, da war ich doch mächtig stolz.

Zwar weiß ich nicht, ob sie wirklich durch Feuer gehen kann und ich hoffe ja auch, dass es niemals brennt bei uns...
Aber Frauchen ist auch schon mal über Scherben gelaufen.

Damals war Ex - Herrchen noch da.
Da sind wir in eine wirklich riesig große Stadt gefahren. Da

waren so viele Menschen und ganz viele Hunde; irgendwie war es mir da viel zu voll.

Da gibt es so eine Straße, da gehen mehr Männer als Frauen hin und nachts durften wir da überhaupt nicht herum laufen. Das heißt Kiez. Was das ist weiß ich wieder mal nicht. Aber da sind viele Geschäfte wo man herein geht und man kann da auch was trinken.

Frauchen hat noch zu Ex - Herrchen gesagt, dass sie ihn sofort abschießen würde, wenn er dort auch nur einmal hinginge.

Komisch alles. Warum wäre es denn so schlimm gewesen, wenn Herrchen da irgendwo was getrunken hätte? Zumal Ex - Herrchen doch niemals Alkohol mochte.

Und dann wollte Frauchen ihn sofort erschießen? Nun ja, ich wollte das gar nicht genauer wissen, denn wenn es um so Sachen geht, wo nachher einer tot sein könnte, dann frage ich lieber mal nicht nach.

Aber Frauchen wollte ja auch am Tag da über Scherben laufen und dafür hat Ex - Herrchen sie dann in einen Ort außerhalb der Stadt gebracht und ich blieb dann im Wohnmobil mit ihm.

Abends haben wir Frauchen wieder abgeholt und das zwei Tage. Als sie dann nach dem Seminar wieder ins „Haus auf Rädern" stieg, wollte Ex - Herrchen erst einmal ihre Füße sehen.

Komisch, das hatte er noch nie gemacht. Früher haben die

beiden sich nur begrüßt und jetzt musste Frauchen ihre Fußsohlen vorzeigen.

Als Ex - Herrchen dann noch meinte, die sähen ja ganz toll aus, verstand ich gar nichts mehr. Denn ich hatte auch hingeguckt und die sahen aus wie immer.

Später hat Frauchen uns dann erzählt, wie sie über einen 3 - Meter langen Scherbenteppich gelaufen war.

Naja, wer das denn braucht.   Ich habe das nicht wirklich begriffen. Und warum hatten die da einen Teppich aus Scherben?

Bei Oma und Opa gibt es im Wohnzimmer auch einen Teppich. Aber da laufe ich immer drüber und keiner guckt sich nachher meine Pfoten an und lobt mich, weil die noch aussehen wie immer.

Der Teppich bei denen ist ganz weich und ich rolle mich gerne darauf herum.

Nun Frauchen war also nur mit den Füßen über die Scherben gelaufen und die waren noch heile. Das war auch gut so, denn wir fuhren dann weiter zur Ostsee und machten da Urlaub.

Okay, und nun würde sie für mich auch noch durch Feuer laufen. Ich wollte das lieber nicht, wenn sie sich die Füße verbrennen würde, dann könnten wir ja gar nicht mehr Gassi gehen.

Auf jeden Fall wusste der Typ dann, dass ich die Nummer Eins in Frauchen Leben war, und auch bleiben würde.

Wir sind dann doch ein Weilchen mit ihm mal hier und mal dahin gefahren. Aber so wirklich interessant fand ich das nicht.

In dem Haus hat es mir auch nicht so gefallen; denn da durfte ich nicht auf dem Boden schlindern und irgendwie hab ich mich da nicht wirklich wohl gefühlt.

Zum Glück ging es Frauchen auch so und so war das dann schnell wieder erledigt.

Ach ja, einmal da war es ganz schön.

Da waren wir auf einem Aussichtsturm bei uns am See und da hat es mal so richtig Spaß gemacht. Eigentlich aber nur weil es da so stürmisch war und der Typ da oben Angst hatte.

Ich fühlte mich trotz Wind so richtig wohl - wie man sieht...

Wir helfen mal wieder

Ja unser Leben war schon ganz schön abwechslungsreich seit Ex - Herrchen nicht mehr da war.

Aber natürlich kam es noch immer vor, dass manche Dinge so blieben, wie sie immer waren. Zum Beispiel, dass wir immer mal wieder Leute und ihre Vierbeiner kennenlernten, denen Frauchen unbedingt helfen musste.

Das war auch gut so, denn so entdeckte ich auch meine Liebe zu Körnerkissen wieder neu.

Ich mochte diese bunten Dinger schon als ich klein war sehr gerne. Aber zwischenzeitlich hatte ich sie immer mal ganz vergessen.

Ich habe nie etwas kaputt gemacht - nicht mal als Welpe, da wo ich noch Zähne hatte.

Frauchen hat mich immer dafür gelobt, dass ich ja so lieb war.

Irgendwann ist es dann doch passiert - ich habe ein Könerkissen aufgefressen...

Aber erst einmal ein wenig zu diesen komischen Kissen mit seltsamer Füllung drin.

Ich Gegensatz zu anderen Heilmethoden finde ich ja Körnerkissen ganz toll.

Klangschalen tun meinen Ohren weh - die sind einfach zu laut für mich.

Bei der Aromatherapie wird einem von manchen Düften ganz schlecht und bei Globuli, die ja auch gegen viele Leiden helfen sollen, hat man immer das Problem, dass man sie einfach nicht wieder ausspucken kann, wenn man sie einmal im Maul hat.

Nein, da sind doch die vielen bunten Kissen, die Frauchen da besitzt viel spannender.

Nicht nur, dass sie von der Form her alle unterschiedlich sind, sie riechen auch immer verschieden. Mal sind sie mit ganz dicken Körnern gefüllt, mal fühlt es sich an, als wäre nur so eine Art Sand darin. Außerdem kann man sie auch noch warm oder kalt benutzen.

Wenn Frauchen mal nicht hinsieht, renne ich ganz schnell nach oben in den Raum wo Frauchen früher ihre Praxis hatte, und dann springe ich in den Korb, wo die Kissen alle drin gelagert sind.

Das ist klasse.
Da wohnt ja jetzt das Ex - Herrchen. Aber in einem Zimmer gibt es noch vieles, was mich interessiert.

Auch toll finde ich, dass dank Frauchens Kissentick immer so einige Exemplare im Wohnzimmer auf der großen Eckcouch liegen. Allerdings dürfen da auch schon mal Hundekumpels dran schnuppern, wenn sie zu Besuch kommen und das mag ich nicht so gerne - ist ja schließlich mein Sofa.

Ja, und wie wir dann auch in der Zeit, als wir alleine waren und nur ich der „Mann" in Frauchens Leben war, einigen Kollegen mit eben diesen Kissen geholfen haben, das erzähle ich Euch mal.

Zweimal hatten wir richtig guten Erfolg mit den Körnern.

Wie fast immer lernten wir den ersten Patienten auf unserer Gassirunde kennen.

Schon von Weitem konnte man erkennen, dass der arme Hund da vor uns kaum mit seinem Herrchen mitlaufen wollte und er humpelte ganz doll.

Er blieb alle paar Schritte stehen und kurz bevor wir die beiden erreicht hatten, nahm der Mann den Kleinen auf den Arm.

Ich wollte gerade an denen vorbei preschen, als Frauchen natürlich wieder neugierig fragen musste, warum der Zwerg denn getragen werden müsse.

Das Herrchen von dem kleinen weißen Hund, der „Malti" hieß erzählte, dass er schon bei so vielen Tierärzten gewesen sei und der Kleine schon seit Monaten nicht mehr richtig laufen könne.

Die „Weißkittel" würden immer etwas Verschiedenes sagen, aber meist heiße es, dass die Gelenke entzündet seien.

Der Kleine hatte schon alles mögliche an Medizin bekommen und ab und an hatte er auch mal ein paar Tage etwas besser laufen können - aber dann war alles wieder schlimmer geworden.

Die viele Chemie war ihm schon auf den Magen geschlagen, So, dass ihm dann auch noch ganz oft schlecht war.

Frauchen fragte den Mann dann, ob er offen für alternative Heilmethoden wäre und ob er Interesse hätte, es mal mit so einer Methode zu versuchen. Das würde zwar sicher keine Heilung für immer bringen - aber vielleicht eine Linderung.

Das Malti - Herrchen stimmte sofort zu. Er würde doch alles tun, damit sein Zwerg endlich wieder fröhlich laufen könne.

Frauchen freute sich und meinte, dass es toll ist,wenn auch mal Männer offen für alternative Medizin sind, denn meist sind die doch eher nicht begeistert von der Nicht - Schulmedizin.

Wir nahmen Herrchen und Hund gleich mit zu uns nach Hause. Und wie immer durfte der kleine Maltikumpel erst einmal durch mein Wohnzimmer laufen und alles beschnuppern. Da er auch da ganz doll humpelte machte ich ihn auch nicht doof an. Er tat mir leid.

Dann wurde er auf meinen Tisch gesetzt. Ja das hasse ich echt immer. Fremde Kollegen auf meinem Tisch - mitten im Wohnzimmer - wo ich nie liegen darf; jedenfalls nicht dann wenn ich es will.

Aber okay der Kleine war ja ganz nett.

Das Herrchen wartete ganz gespannt was da passieren würde. Frauchen hatte ihm einen Tee gemacht - der sollte ihn beruhigen.

Dann kam sie mit zwei Kissen wieder zu uns herein. Das waren Kissen mit Dinkel gefüllt. Die kannte ich schon.

Sie legte die erst einmal nur in die Nähe des weißen Hundes, der sich übrigens später als reinrassiger Malteser entpuppte.

Der schnupperte auch sofort an den Kissen und streckte sich lang auf dem Tisch aus.

Da das Herrchen sehr gut erklärt hatte, wo die Schmerzen genau waren, musste Frauchen nur ganz kurz mal bestimmte Stellen berühren und schon war klar, wohin das Körnerkissen platziert werden musste.

Da das Kissen aber ohnehin so groß war, dass sich der ganze Malti darunter verstecken konnte, kam es mit der Positionierung auch gar nicht so genau drauf an.

Es machte dem Zwerg gar nichts aus, dass fast nur noch seine schwarze Nase unter dem Kissen hervor guckte. Er schlief sogar ein.

Nachdem so ungefähr zehn Minuten vergangen waren und mein Frauchen dem Malti - Herrchen genaue erklärt hatte, was da eigentlich passierte, nahm sie das zweite Kissen mit in die Küche und machte es im Backofen ein ganz wenig warm.

Es war nur ganz wenig warm, denn Frauchen sagt immer, dass man Hunde ganz langsam an alles gewöhnen muss, auch an Temperaturen.
Als sie dann die Kissen austauschte machte der Weiße nicht mal ein Auge auf - und er schien gar nicht zu merken, dass er

nun unter einem angewärmten Kissen lag.

Nachdem das Kissen dann wieder abgekühlt war, sagte Frauchen, dass der Zwerg nun sieben Tage mit seinem Herrchen kommen müsse.

So wurde es gemacht und schon am zweiten Tag wurde das Dinkelkissen dann richtig schön warm gemacht.

Der Malti schlief immer sofort ein - auf meinem Tisch unter meinem Dinkelkissen.

Das ging dann sieben Tage so. Obwohl sich danach leider noch nichts verbessert hatte und Frauchen ja auch immer wieder sagte, dass es nie eine Garantie auf Besserung gäbe, machte das Zwergen - Herrchen Termine für weitere sieben Tage.

Und so kamen sie Tag für Tag.

Der Mann hatte so eine Geduld. Das bewunderte Frauchen sehr, denn sie ist immer sehr ungeduldig.

Nach 18 Tagen - also in der dritten Siebenerstaffel - konnte Malti alleine in unsere Wohnung laufen und er wollte doch tatsächlich von sich aus auf meinen Tisch springen.

Frauchen konnte es gerade noch verhindern, denn er sollte sich doch nicht sofort so überanstrengen.

Dann ging alles ganz schnell.

Von Tag zu Tag konnte man deutlich erkennen, dass die Schmerzen zuerst nachließen und dann tatsächlich ganz verschwunden waren.

Der Mann ging mit seinem Kleinen wieder zum Tierarzt und der bestätigte, dass die Entzündung aus den Gelenken komplett verschwunden war.

Alles komisch und man kann es auch nicht erklären, denn eigentlich ist bei Entzündungen Wärme gar nicht gut. Man soll da ja eher kühlen. Aber wer „heilt" hat recht und Malti ging es super gut.

Als Vorsichtsmaßnahme kamen Herrchen und Hund alle paar Monate wieder zu uns. Der Kleine bekam dann sieben Tage das Dinkelkissen aufgelegt und bis heute geht es ihm richtig gut.

Natürlich muss man auch ehrlich sagen, dass kaum Herrchen und Frauchen so viel Geduld haben. Die meisten geben viel schneller auf. Aber hier wurde die Ausdauer doch wirklich belohnt.

Frauchen nahm kein Geld für ihre Arbeit.
Aber weil das Malti - Herrchen so froh war, dass sein Zwerg wieder so daher springen kann, hat er schon so einiges für den Tierschutz gespendet .

Ja das ist gut - da haben wir uns alle gefreut.

Und dann gab es da noch einen Fall - den Loser!

Das war ein Mischling - mindestens 50 cm groß - ich konnte unter seinen Beinen durchlaufen.

Der war ja so hässlich - ach nein, dass darf ich ja nicht sagen - ich bin ja mit meiner Zunge auch nicht mehr wirklich schön.

Außerdem lästert man nicht - sagt Frauchen.

Der Loser war hier im Ort auf einem Bauernhof mit Fremdenzimmer in Urlaub.
Er ging mehrere Tage in unserem See schwimmen. Es war sehr heiß.

Plötzlich merkte sein Frauchen, dass er an den Pfoten ganz wunde Stellen hatte.

Sie kam dann auf Anraten der Ferienwohnungsbesitzerin zu uns.

Frauchen dachte zuerst sie würde das alles mit kolloidalem Silber in den Griff bekommen.

Da der Hund aber erst vor kurzer Zeit mit Antibiotikum behandelt worden war, und man annehmen musste, dass das noch nicht ganz aus dem Körper verschwunden war, griff Frauchen zu den Körnerkissen.

Der Loser durfte nicht auf den Tisch - hurra.

Er legte sich ganz freiwillig mitten auf den Teppich.
Ja der war schlau. Unsere ganze Wohnung hat überall Fliesen und nur einen eher kleinen Teppich.

Der ist eigentlich nur dafür da, dass ich darauf spielen kann; ohne, dass ich kalte Füße und einen kalten Bauch bekomme.

Aber der Loser legte sich ganz ruhig mitten drauf.

Frauchen holte also ein Dinkelkissen und auch der Große durfte erst daran schnuppern. Dann ging Frauchen mit dem Kissen in die Küche und legte es dieses Mal in den Kühlschrank.

Da der Loser richtig große Pranken hatte bekam er das Kissen quer über beide Vorderpfoten gelegt.

Doch der war dabei nicht ganz so entspannt wie der kleine Malti damals.

Deshalb ging Frauchen noch einmal in die obere Etage und holte auch noch ein kleines Kissen mit Lavendel.

Das legte sie dem Loser direkt vor die Nase.
Nicht warm, nicht kalt - einfach so.

Und dann dauerte es nur noch ein paar Minuten und der Große wurde viel ruhiger.

Lavendel beruhigt und bei ihm wirkte es sehr gut.

Das Loser - Frauchen war sehr offen für alternative Heilmethoden und kannte sich auch recht gut damit aus.
Sie war sich sicher, dass die Pfoten heilen würden.

Da die Beiden ganz nah ihr Ferienquartier hatten konnten sie immer schnell vorbei kommen.

Die Frau arbeitete selbst Zuhause auch mit Körnerkissen und kaufte so auch noch zwei Exemplare aus meinem Kissenkorb. Uih, wenn dic wüsste, dass ich da schon dran herumgeschnüffelt hatte. Aber wer sollte mich verraten - Frauchen wusste es ja auch nicht.

Diese beiden Kissen legte sie dem Loser dann immer die ganze Nacht auf die Pfoten.

Schon nach vier Tagen konnte man kaum noch eine Entzündung sehen.

Da war sogar Frauchen total überrascht, denn sie kennt das ja immer von mir...

Wenn ich meine Pfotenekzeme habe dauert es doch meist sehr viel länger bis man eine wirkliche Verbesserung erkennen kann.

Und ich bekomme außer dem Dinkelkissen sogar auch noch Reiki dazu.

Naja das war einfach klasse und nach einer Woche kamen Loser und sein Frauchen noch einmal zu uns.

Nur so auf einen Tee und sie haben sich vor ihrer Heimreise verabschiedet - mit einer kleinen Tierschutzspende für Frauchen und einer dicken Kaustange für mich.

Die hatten wohl gar nicht bedacht, dass ich zahnlos bin.

Aber okay: es war gut gemeint und Frauchen tauschte mir die Stange gegen eine dicke Scheibe Leberwurst ein. So waren dann alle zufrieden..

Naja und kürzlich ist mir dann das Missgeschick mit dem Körnerkissen auf den Sofa passiert.

Es war eins von denen die da immer liegen, weil sie eben zu unserer Dekoration gehören.

Frauchen hatte mir eine Tablette verabreicht.

Ich hatte sie natürlich eigentlich wie immer hinter die Couch spucken wollen. Ging aber irgendwie nicht. Sie klebte mir so komisch in der Backe fest.

Ja das ist so ein Problem; da meine Zunge ja nicht mehr in mein Maul passt und immer schief vorne heraus guckt, kann ich das alles nicht mehr so richtig koordinieren.

Ich kann dann gar nicht so genau merken wo die dumme Tablette ist und bevor ich auf meine Zunge beiße da spucke ich dann lieber alles aus.

Aber das ging ja nun mal nicht.

Also legte ich mich auf die Couch, den Kopf ganz flach aufs Sofakissen. Ich kaute dann immer so vor mich hin und dachte, dass sich die doofe Tablette so am besten auflösen und in Einzelteile zerfallen würde. Dann hätte ich zumindest noch einiges davon wegspucken können.

Ich kaute und kaute. Und plötzlich merkte ich, dass da ganz viele kleine Körner auf dem Sofa lagen.

Erst wollte ich mich schnell verdrücken. Aber genau in dem Moment als ich an Flucht dachte erschien Frauchen.

War die entsetzt.

Sie meinte, dass ich doch niemals irgendetwas zerstört hätte und nun im hohen Alter würde ich mich benehmen wie ein Welpe.

Verdammt ich konnte doch auch nichts dazu.Wenn mir doch meine Zunge nicht mehr gehorchte.

Also habe ich mich hingesetzt und - ganz traurig mit noch länger heraushängender Zunge - direkt in Frauchens Augen geguckt.

Ja, super; es klappte.

Sie war nicht mehr sauer. Sie meinte nur, dass so etwas ja mal vorkommen könne, wenn man denn mit einer Behinderung leben müsse.

Oh klasse. Da kann ich also demnächst ruhig mal ab und an Blödsinn machen, denn ich werde ja ewig behindert bleiben.

Überraschung

Frauchen fand es inzwischen auch nicht mehr schlimm alleine zu sein.

Sie schrieb nicht mehr auf Anzeigen und wir hatten auch alleine genug zu tun. Frauchen machte noch zwei große Seminare, damit sie noch in einem anderen Bereich etwas Geld verdienen konnte und ansonsten machten wir uns das Leben richtig schön.

Und dann - plötzlich gab es eine Überraschung.

Frauchen saß wieder mal am PC; als sie plötzlich fragte: „Was will der denn?" Ich verstand gar nichts, denn da war gar keiner außer mir, mit dem sie sprechen konnte. Und woher sollte ich wissen, wer da was wollte.

Sie las dann einen ganz langen Text und dann meinte sie, dass das ja spannend werden könnte.

Spannendes finde ich immer gut.

Zum Glück rief Frauchen sofort ihre Freundin an und weil ich natürlich lauschte wusste ich dann auch was so spannend sein sollte.

Der Mensch aus der großen Stadt mit dem tollen Schlinderboden hatte sich wieder gemeldet. Es ging ihm nicht so gut und er wollte nur mal fragen was denn bei uns so alles passierte.

Oh, sollte der wieder mit uns spazieren gehen wollen? Oder sollten wir vielleicht sogar in die große Stadt kommen?

Ich persönlich hätte mich ja echt gefreut, wenn ich wieder mal im Wasserbett hätte herum springen dürfen und ob es den roten Teppich im Badezimmer noch gab; der immer extra für mich ausgelegt wurde; das hätte mich ja auch interessiert.

Nun ja, Frauchen entschied, dass sie erst einmal nur mit dem Typen telefonieren wollte.

Meist kann ich ja meinen Kopf durchsetzen wenn es um wichtige Entscheidungen geht. Aber in diesem Fall ließ Frauchen sich nicht beeinflussen und so musste ich abwarten.

Meine Geduld wurde echt sehr strapaziert.
Als ich schon fast dachte die Beiden würden eine Telefonfreundschaft anstreben hieß es dann aber doch, dass wir alle drei mal wieder zusammen spazieren gehen wollten.

Hurra, hatte ich also meinen Willen doch noch gekriegt.

Es ging dann zum Glück ganz schnell voran.
Freitags hatte Frauchen beschlossen, dass nur telefonieren auf Dauer auch nicht so toll war und am Samstag gingen wir dann schon zu dritt um den Möhnesee.

Ja wir sind ganz weit gelaufen. Okay, ich bin so ungefähr fünf Kilometer mitgegangen und dann hatte ich keine Lust mehr und ich habe mal eben eine schlimme Pfote bekommen.

Ja, genau das mochte ich ja an diesem Freund von Frauchen. Er guckte herunter und ich fing ganz schnell an zu humpeln. Sofort meinte er, dass ich doch so schwere verletzt nicht mehr laufen könnte.

Oh ja, der hatte so recht.

Und siehe da, Frauchen, die den Rucksack vergessen hatte, schnappte mich auf den Arm und so wurde ich dann noch mehr als zwei Stunden gewandert.

Die beiden Menschen unterhielten sich mal lauter, mal leiser und manchmal blieben sie auch einfach stehen, sagten gar nichts mehr und guckten auf den See.

Was das zu bedeuten hatte, konnte ich nicht deuten.
Aber einmal mussten sie wohl ziemlich lange da am Ufer gestanden haben, denn ich war eingeschlafen und wurde erst wieder wach als sie zu dem Weg kletterten, wo es zu unserem Auto ging.

Und da musste ich dann tatsächlich wieder laufen.

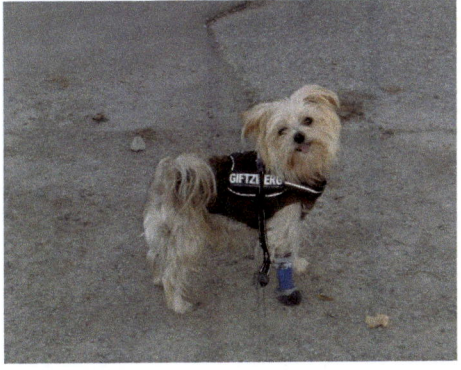

Zweiter Versuch

Ja und so trafen sich Frauchen und der andere Mensch dann wieder öfter. Natürlich war ich immer dabei.

Ich durfte natürlich auch wieder in der Wohnung in der großen Stadt schlindern und als erstes habe ich geguckt ob das Wasserbett noch funktionierte.

Ich bin volle Pulle herein gesprungen und es hat gegluckert und mir wurde wieder ganz schlecht. Bin dann doch lieber wieder auf die Erde geplumpst und habe mir die anderen Räume vorgenommen.

Es hatte sich nichts verändert - zum Glück.

Sogar der rote Teppich lag wieder im Bad.

Okay dann konnten Frauchen und der Typ wieder zusammen sein - ich gab meine Zustimmung.

Ja und dann war eigentlich alles wieder wie damals.

Wir fuhren wieder in die Stadt und am Wochenende blieben wir sogar ab und an mal mehrere Tage dort.

Aber Frauchen schien doch sehr nachdenklich zu sein. Sie telefonierte oft mit ihrer Freundin und sagte immer mal wieder, dass sie nicht genau wisse, ob das alles so richtig sei.

Sie dachte viel nach und abends saßen wir zwei auf dem Sofa vor dem Kamin und Frauchen kraulte mir den Bauch - so lange wie sonst nie.

Klar fand ich das ganz toll; aber ich merkte ganz deutlich, dass sie sich gar nicht auf mich konzentrierte.

Wenn ich plötzlich aufstand weil ich unbedingt mal eben etwas trinken musste, dann erschrak sie.

Also hatte sie nur so mein Bäuchi gestreichelt. Sie war in Gedanken ganz woanders. Das bedeutete meist nichts Gutes.

Und wenn wir spazieren gingen, dann war das auch nicht so entspannt wie sonst.

Frauchen erzählte mir sonst immer unterwegs etwas. Ich wusste genau wo ein Hund lauerte und ich bekam auch gesagt wo schöne Gärten waren und wenn wir irgendwo hinfuhren wo wir vorher noch nicht waren, dann redete Frauchen ganz viel mit mir.

Okay, auch Zuhause wurde mir so einiges mitgeteilt. Ich kannte schon eine ganze Menge Kochrezepte und so...

Auch das war dann anders geworden. Frauchen ging zwar mit mir ins Feld; aber sie lief einfach so daher und sie vergaß ganz mich über irgendwelche Neuigkeiten zu informieren.

Sie war immer ganz woanders mit ihrem Kopf.

Es änderte sich aber trotzdem nichts. Wir fuhren weiter am Wochenende in die große Stadt und meist war es da auch ganz schön.

Trotzdem war Frauchen auch wieder genervt und oft sagte sie zu ihrer Freundin, dass sie nicht mehr frei atmen könnte.

Warum wohl nicht?

Man bekommt doch meist dann keine Luft wenn man eine Erkältung hat. Die hatte Frauchen aber garantiert nicht.

Sie war ganz gesund - jedenfalls hatte sie keinen Husten. Aber es störte sie wohl, dass sie nicht richtig atmen konnte.

Ganz lange hat sie darüber am Telefon debattiert, ob freies atmen wichtig war oder nicht. Ich verstand es nicht, denn wenn man die Nase zu hat weil man erkältet ist, dann gibt es doch Medizin dagegen.

Aber Frauchen tat gar nichts damit es besser wurde. Und das ging viele Wochen so.

Musste alles irgendwie zusammen hängen - mit der Grübelei und der Luftnot.

Ihre Freundin sagte wohl immer, dass alles Vor - und Nachteile hätte und, dass es keinen Menschen gäbe zu dem man zu hundert Prozent passen würde.

Was hatte das denn bloß mit der Luftnot zu tun?

Irgendwann fragte ich Frauchen mal warum sie denn nicht Medizin nehmen würde gegen die Probleme mit der Nase.

Sie guckte mich ganz komisch an und meinte, sie wäre ganz

gesund und es gäbe da nichts einzunehmen, was ihr helfen könnte.

Ich habe dann auch nicht mehr nachgefragt; habe zwar genau hingehört wenn sie wieder telefonierte; hat aber auch nichts genutzt.

Ich wurde einfach nicht schlau aus dem ganzen mit der Luft und dem Freiraum zum atmen.

So ging das wirklich lange.
Aber am Wochenende war es doch immer ganz schön und erstickt war sie ja auch noch nicht.

Ich hatte dann keine Lust mehr immer zu horchen und nachzufragen; ich gab es auf und wartete einfach ab.

Ich muss schon sagen, das war gar nicht einfach für mich. Ich bin sehr ungeduldig; das habe ich von Frauchen „geerbt"; sagt sie immer.

Ich am Meer

Okay ich hatte dann keine Fragen mehr - zumindest blieb ich ruhig. Wollte Frauchen ja auch nicht verärgern.

Da ich auch gar nicht mehr so wirklich gelauscht hatte, wenn wir in der Wohnung in der großen Stadt waren; kam dann der Urlaub am Meer ganz plötzlich für mich.

Wir fuhren - wie ja so oft - schon gegen Mitte der Woche von Zuhause weg in Richtung „roter Teppich".

Doch so richtig überrascht war ich dann erst, als wir einen Tag später da so richtig viel ins Auto packten.

Klar, Frauchen hatte einen Koffer mitgenommen, den ich noch gar nicht kannte... Aber da sie oft meinte, dass sie immer mehr für ihre Falten mitnehmen müsste an Utensilien habe ich mir keine Gedanken gemacht als ich den XXL-Koffer sah. Ich dachte sie hätte nun mal richtig viel Zeugs eingepackt um wieder faltenfrei zu werden.

Im Nachhinein waren da alles Jeans und shirts und eben Kleidung drin - für ganz viele Tage.

Wir packten also alles ein und der Typ, bei dem ich immer so schön schlindern durfte, fuhr mit uns los. Ich natürlich auf dem Rücksitz in meiner Hundebox.

Nach ein paar Stunden machten wir eine kurze Pause.
Ich sollte Pippi machen. Das gefiel mir aber gar nicht. Da waren überall große Autos und es hat gestunken und man

konnte nicht mal einen gescheiten Baum finden.

Hab dann mal eben so getan als hätte ich alles erledigt und schon durfte ich wieder einsteigen.

Noch mal ging es eine ganze Weile weiter.

Wie gut, dass ich so gerne Auto fahre, sonst wäre mir sicher schlecht gewesen.

Als es richtig warm war nachmittags kamen wir an.
Schöne Gegend!
Wir gingen in ein Haus, was uns alleine gehörte. Ich hatte auch gar keine Zeit so richtig zu gucken wie es von innen aussah... ich wollte endlich ans Meer.

Ein paarmal brummeln und schon beeilten sich meine Leute. Ich musste auch ganz nötig, da ich ja seit Zuhause nichts mehr erledigt hatte.

Wir mussten nur zehn Minuten laufen und dann meinte Frauchen, dass wir nun am Strand wären.

Okay, aber wo war das Wasser?
Ich hatte mir das anders vorgestellt. Es war alles nur Matsch zu sehen und kein Wasser in Sicht.

Als ich Frauchen so fragend anschaute meinte sie, dass das an der Nordsee eben so ist. Das nennt man Ebbe und Flut.

Bei Ebbe ist kein Wasser da - bei Flut sieht man es dann.

Wir hatten Pech - bei allen Morgengassirunden war kein Wasser da. Komisch, warum war denn nicht mal morgens endlich Flut?

Mir war das auch ziemlich egal, denn Frauchens Laune war nicht die beste und wenn sie vom Strand aus mit ihrer Freundin telefonierte sagte sie wieder immer etwas von Luftnot. Dabei ist sie doch stundenlang gelaufen und sie hat nie schwer geatmet. Sie konnte laufen ohne Ende. Ich verstand die Welt nicht mehr.

Die Tage vergingen und Frauchen und der Mensch aus der großen Stadt waren irgendwie nicht wirklich glücklich miteinander - das sagte mir zumindest mein Hundeverstand.

Also war ich froh als wir wieder nach Hause fuhren. Zuerst in die große Stadt und dann am gleichen Tag zu uns richtig nach Hause.

Frauchen telefonierte dann ganz lange mit ihrer Freundin und sagte, dass sie nun wieder frei atmen könnte.
Wie komisch und ich dachte immer die Luft am Meer wäre so gut.

Nun; anscheinend bekam meinem Frauchen die Luft bei uns am See besser.

Wir fuhren dann nur noch einmal in die große Stadt. Haben da jede Menge Sachen abgeholt, die wir so nach und nach da hingebracht hatten.

Das Auto war voll bis zum Dach - aber als wir wieder bei uns ankamen lud Frauchen voller Elan alles aus und war richtig gut drauf.

Okay, ich wusste da noch nicht, dass ich nie mehr schlindern durfte und auch kein roter Teppich für mich ausgerollt wurde.

Schlimm fand ich es eigentlich nicht,, denn am wichtigsten war ja für mich, dass mein Frauchen endlich wieder Luft bekam.

Somit war dann das Kapitel „Großstadt" beendet und ich wartete mal ab was da noch so kommen sollte.

Glücklich

Schlecht ging es Frauchen in der nächsten Zeit nicht.

Sie hatte keinerlei Atemprobleme mehr und wir waren wieder viel zu zweit unterwegs.

Mit Ex - Herrchen gab es auch keinen großartigen Stress. Der war nur selten in unserem Haus und wenn dann war er halbwegs freundlich.

Und dann passierte es...

Frauchen guckte wieder mal im Internet nach Anzeigen.

Ich wusste sofort, dass wir bestimmt kein neues Auto kaufen wollten. Mit unserem waren wir zufrieden und mittlerweile konnte Frauchen echt gut fahren. Sie fuhr weite Strecken, passte in fast jede Parklücke und kam auch wieder heraus; was am Anfang nicht immer so war.

Also ging es um eine neue große Stadt???

Alles war anders als sonst.

Frauchen las also die Inserate und plötzlich sagte sie zu mir - oder vielleicht auch zu sich selbst, dass da ein „ganz anderer Mann" drin stehe.

Ganz anders? Was sollte das heißen? Sah der anders aus? War der was besonderes? Ich verstand wieder mal nichts.

Sie rief dann ihre Freundin an und las der so einiges vor.

Dann meinte sie, dass sie dem unbedingt mal schreiben müsse; aber der wäre eigentlich viel zu jung.

Dann kam wieder ihr üblicher Spruch, den ich ja schon kannte. Sie würde das ja machen, wenn sie denn nicht so viele Falten hätte.

Ihre Freundin hatte deutlich mehr Einfluss auf sie als ich.

Wenn ich ihr sagte, dass sie ein echt schönes Frauchen ist, dann glaubte sie es nie. Aber ihre Freundin konnte sie überzeugen, dass sie noch halbwegs anzusehen wäre und so schrieb sie dem Mann.

Der antwortete auch ganz schnell und Frauchen ging ab da so oft zum Computer wie nie. Immer wenn sie Antwort bekam war sie total gut drauf und ich konnte sogar Blödsinn machen ohne dass sie mich anmeckerte.

Ja der musste echt ein ganz besonderes Exemplar sein.

Dann kam der Tag an dem die beiden zum ersten mal telefonierten.

Ich wurde vorgewarnt unbedingt die Klappe zu halten, denn wenigstens der erste Eindruck sollte doch vorbildlich sein.

Als ob ich sonst keinen Anstand hätte. Jaja, eben Frauchen.

Ich verhielt mich also ganz ruhig. So konnte ich am besten

horchen und ich merkte schon ganz schnell, dass der Mensch da am anderen Ende der Leitung sehr leise und ruhig sprach. Es war irgendwie alles ganz anders als sonst.

Frauchen lachte sogar manchmal. Das hatte sie seit Monaten nicht mehr getan.

Die telefonierten solange, dass ich doch glatt zwischendurch einschlief.

Mensch, hab ich mich geärgert. Ich hatte bestimmt das Wichtigste verpasst. Ich horchte also noch beim Rest des Gesprächs und erfuhr so noch, dass die beiden schon am nächsten Abend wieder telefonieren wollten.

Danach bekam ich dann endlich mal mein Futter und Frauchen rief ihre Freundin an.

Irgend etwas schien mit Frauchen los zu sein.

Sie überlegte so viel und manchmal hatte sie noch mehr Falten auf der Stirn als ohnehin schon. Aber trotzdem wirkte sie auch total glücklich.

So ging das dann eine ganze Weile.

Jeden Abend bekam ich mein Futter schon etwas eher serviert, weil Frauchen und der etwas andere Mann wieder mindestens zwei Stunden telefonieren mussten.

Und die redeten echt ununterbrochen. Ich fand das schon ganz schön komisch; wo Frauchen sich doch mit all ihren Bekannten einig war, dass Männer höchstens einen Satz schreiben und eventuell drei Minuten reden können.

Der musste echt was ganz Außerirdisches sein.

Mir sollte es nur recht sein, denn Frauchen hatte fast immer gute Laune und als ich einmal so konzentriert zuhörte bei ihrem Gespräch mit dem Typen, dass ich es nicht mehr schaffte nach draußen zu kommen um mein Bein zu heben und es leider statt vor der Tür im Zimmer passierte, da sagte sie gar nichts.

Und auch als sie aufgelegt hatte meinte sie nur, dass ich demnächst doch wenigstens so früh losgehen sollte, dass ich auch den Po noch nach draußen bekäme.

Ich versprach es ihr und bekam keine Schimpfe.

Ja Frauchen war echt gut drauf.

Sie redete nicht einmal mehr über Luftnot. Sie war wirklich richtig fröhlich.

Die Tage vergingen und Frauchens gute Laune blieb und jeden Abend gab es lange Telefonate zwischen dem etwas anderen Mann und ihr.

Dann kam der Tag wo Frauchen sich „den Neuen" angucken wollte. Mensch, war ich aufgeregt.

Frauchen zog sich dreimal um, bevor wir endlich losfuhren.

Das macht sie sonst nie. Sie sagt doch immer, dass wahre

Schönheit von innen kommt.

Warum machte sie dann so einen Aufstand?

Erst eine weite Hose. Dann der Gang zum Spiegel. Sie runzelte die Stirn; um dann eine so enge Jenas anzuziehen, dass sie ganz rot wurde im Gesicht.

Die tauschte sie dann gegen eine ganz normale aus, die sie erst neu hatte.

Darin fühlte sie sich anscheinend wohl und sie hatte auch wieder eine normale Farbe im Gesicht.

Beinahe hätte sie mich sogar vergessen.

Ich trödelte herum und wollte doch eigentlich mein geliebtes, dreckiges Quitscheschwein noch mitnehmen.

Ja, fast hätte sie die Tür zugemacht und Schweini und ich wären noch im Wohnzimmer gewesen.
Na, da wurde ich aber flott. Ohne mein Spielzeug rannte ich los.... und kam gerade noch mit.

Bei den Schuhen gab es dann noch einmal eine Zeremonie; bis Frauchen auch da etwas Passendes gefunden hatte.

Dann endlich ging es los.

Wir fuhren an den See.

Klasse und nun? Ich war ganz nervös; wenn der neue Typ

doch so ein Außerirdischer war...

Ich wurde erst einmal enttäuscht. Wir liefen eine ganze Runde um den kleinen Teich. Das ist eine Seite des Sees. Da gehen wir fast jeden Tag Gassi.

Na toll, und warum hatte Frauchen sich dann so aufgebrezelt?

Bestimmt kam der Neue zu spät. Dann hatte er bei Frauchen doch eh keine Chance mehr. Sie kann es nicht leiden, wenn jemand nicht ganz genau pünktlich ist.

Naja, der sollte ja weit fahren müssen bis zu uns; vielleicht würde Frauchen ihm dann eine kleine Verspätung verzeihen.

Als wir wieder im Auto ankamen meinte Frauchen dann zu mir, dass wir nun noch zwanzig Minuten Zeit hätten und sie ließ mich glatt noch alleine weil sie noch ins Restaurant musste...

Na was sie da wohl wollte? Klar auf die Toilette... wo der große Spiegel ist. Sie musste gucken ob sie noch so aussah wie vor einer Stunden als wir losgefahren waren.

Sie kam dann aber schnell zurück.

Ich wurde wieder an die Leine genommen und wir gingen am See entlang.

Es dauerte nicht lange und Frauchen meinte, dass ich mich jetzt bloß benehmen sollte.
Hatte ich doch die ganze Zeit getan - hatte sie das etwa nicht

bemerkt?

Dann kam ein Mann auf uns zu.

Ich beäugte ihn ganz genau - hielt aber erst einmal die Klappe.

Frauchen und er gaben sich die Hand und beide lachten. Das war ja schon mal ein gutes Zeichen.

Ich wurde fast ignoriert. Na der Typ würde mir wohl nicht so gefallen. Gewöhnlich wurde ich zuerst begrüßt.

Jeder versuchte erst einmal mich zum Freund zu bekommen und der redete sofort mit Frauchen.
Hatte der denn gar keinen Respekt vor mir?

Nun, wir liefen dann alle zusammen eine ganz lange Strecke am Wasser entlang.

Zum Glück bemerkte Frauchen schnell, dass ich müde war und eigentlich auch nicht mehr laufen wollte. Ich wollte mich voll auf das konzentrieren, was die Beiden sich zu sagen hatten.

Und da ja bekannt ist, dass Männer nur selten zwei Teile auf einmal können - und ich ja nun mal auch ein ganzer Kerl bin - wollte ich auf den Arm. Dann brauchte ich nur in aller Ruhe horchen.

Also landete ich ganz schnell oben bei Frauchen.

Sie trägt mich immer rechts und der Typ lief links.
So ein Pech. Da konnte ich ihn nicht mal richtig anschnuppern

- geschweige denn mal kurz ganz direkt anknurren.

Und so liefen die Beiden noch fast zwei Stunden und redeten unaufhörlich.

Für mich war das auch nicht einfach.
Ich musste mich sehr darauf konzentrieren nicht einzuschlafen.
Schließlich war ich ja vorher schon eine ganze Strecke gelaufen mit Frauchen alleine.

Irgendwann kamen wir dann wieder an unserem Auto an und ich dachte wir würden nach Hause fahren.

Von wegen! Frauchen sagte mir, dass ich lieb sein sollte und sperrte mich in meine Box.

Klar bekam ich erst noch Wasser und ein Leckerchen.
Das Wasser habe ich nicht getrunken - schließlich musste ich ja irgendwie meinen Protest ausdrücken, dass ich nun einfach im Wagen abgesetzt wurde.

Naja, dem Leckerchen konnte ich nicht widerstehen und hab erst einmal ganz in Ruhe gefuttert.

Dann machte Frauchen die Autotür zu und ich bekam nichts mehr mit. Sah nur noch wie die Beiden ins Restaurant gingen.

Ich war so was von sauer. Auf der anderen Seite war ich aber auch schrecklich müde und eigentlich sogar froh, dass ich ganz in Ruhe in meiner Hütte einschlafen konnte.
Ich muss sehr fest geschlafen haben, denn als Frauchen den Wagen wieder aufschloss war es schon fast dunkel.

Der Mann war immer noch da. Und Frauchen kündigte an, dass wir noch ein paar Schritte laufen wollten.

Jetzt ließ es sich aber nicht mehr vermeiden.
Solange hatte der Typ mir meine Hauptperson weggenommen; dafür lernte er mich dann aber kennen. Ich kam an die Langlaufleine und habe mal so richtig Terror gemacht.

Frauchen schimpfte mit mir - was mich aber herzlich wenig interessierte. Strafe musste sein und wer mir solange mein Frauchen entführt, der kann auch mal sehen, dass ich der Mann im Hause bin.

Leider ließ sich der Neue gar nicht beeindrucken durch mein Geplärre. Er meinte nur, es wäre doch nicht so schlimm, wenn ich mal bellen würde. Sicher würde das auch wieder aufhören.

Mensch, da hatte ich mir so Mühe gegeben und volle Kraft voraus gebellt wie ein Großer. Nun auch egal; dann gingen wir eben noch eine kleine Runde.

Frauchen und der Typ gingen recht nah zusammen und noch immer redeten sie.
Dann standen wir an seinem Auto. Das gefiel mir übrigens recht gut. Da würde hinten bestimmt eine schöne große Hundebox herein passen.

Also falls wir den nicht wieder los würden, wäre zumindest meine Mitfahrgelegenheit gesichert.
Die beiden Menschen verabschiedeten sich recht lange. Das hatte bestimmt was zu bedeuten.

Dann fuhren wir also wieder nach Hause und Frauchen hatte noch bessere Laune als bei unserer Ankunft.

Natürlich hat sie mich noch feste angemotzt, weil ich mich ja angeblich so daneben benommen hatte.
Ach egal; ich musste doch klarstellen, dass ich hier das Sagen habe.

Wir waren gerade Zuhause angekommen, als die Freundin von Frauchen anrief.

Die muss sehr neugierig gewesen sein, denn die konnte nicht mal warten, bis Frauchen die Schuhe ausgezogen hatte.

Sofort haben die beiden Frauen geredet und ich bekam drei ganze Lerckerchen. Das musste alles sehr wichtig sein, was mein Frauchen da zu berichten hatte, wenn nicht mal Zeit dafür war, dass ich mein richtiges Abendessen bekam.

Frauchen sagte was von „schönen Augen", von einer ruhigen Ausstrahlung und immer wieder kam das Wort „Ehrlichkeit" vor.

Von mir redete sie also definitiv nicht.

Dann wurde ganz lange debattiert ob es denn überhaupt möglich sei, mit einem Mann zusammen zu kommen, der noch so jung war.

Frauchen war wohl eher dagegen. Die Freundin meinte aber, das wäre völlig unwichtig nur die Chemie müsse stimmen. Außerdem hätte jeder irgendwelche „Schäden" und Frauchen hätte für ihr Alter eine verdammt gute Figur.

Ja das stimmt; das sage ich ihr auch immer.

Das mit der Chemie verstand ich wieder gar nicht. Chemie mochte Frauchen doch gar nicht. Sie sagt immer wir wollen nichts Chemisches. Wir wählen immer die chemielose Alternative. Das bezog sich meist darauf, wenn es mal wieder jemandem nicht gut ging und der Medizin brauchte. Also da hielt Frauchen nichts von Chemie. Und nun sollte sie einen Typen mit der richtigen Chemie zum Freund nehmen.

Da ich eh nichts mehr begriff, wollte ich mich gerade schlafen legen als Frauchens Handy klingelte.

Sie ging hin und freute sich total. Da musste aber jemand am anderen Ende dran sein, den sie lange nicht gesehen und gesprochen hatte.

Es war nur ganz kurz bis Frauchen auflegte. Dann sagte sie zu ihrer Freundin, dass das der Neue war. Er wollte nur noch gute Nacht sagen.
Oh je, wenn da die Freude bei Frauchen schon so groß war; was sollte das dann noch geben?

Ich machte mir also abends im Bett neben Frauchen so meine Gedanken.

Es gab verdammt viel zu überlegen.
Wenn der neue Mann nun gar nicht so für Hunde war? Und selbst jemand der ganz normale Hunde mochte, der musste mich noch lange nicht mögen.

Schließlich behauptet Frauchen ja immer, dass ich ein ganz besonderes Exemplar meiner Gattung bin. Und sie meint dann nicht, dass meine Zunge lang heraus hängt und ich vielleicht nicht ganz so schön bin wie meine Artgenossen.

Sie sagt immer, dass ich einen arg gewöhnungsbedürftigen Charakter habe. Was auch immer sie damit meint; ich machte mir da meine Gedanken.

Im Stillen wusste ich natürlich ganz genau, dass Frauchen sich niemals für einen neuen Freund entscheiden würde, wenn der mich nicht auch akzeptieren konnte.

Aber nur akzeptieren, das reichte mir ja eigentlich nicht. Ich wollte wieder richtig gemocht werden.

Eigentlich erwartete ich schon, dass mich wieder ein roter Teppich erwartete und, dass ich wieder eine lange Rennstrecke mit Echtholzboden bekam. Außerdem sollte ich natürlich niemals alleine gelassen werden und ganz wichtig; der neue Mann in Frauchens Leben durfte niemals mein Frauchen anfassen ohne mich vorher zu fragen.

Ja, alles nicht ganz so einfach, denn meine Ansprüche waren angeblich schon recht hoch.

Ich konnte nur abwarten.
Wer weiß was da so auf uns zukommt!

Ich hoffe Ihr hattet auch mit meinem dritten Buch wieder etwas Spaß und wenn dem so war, dann werdet Ihr ganz sicher von mir erfahren wie das mit dem Neuen von Frauchen und mein zukünftiges Leben so weiter verläuft.

Ganz großes Ehrenwort!

Euer Soki,

der kleine Mickerling mit der großen Klappe